Contemporánea

Enrique Vila-Matas (Barcelona, 1948) es uno de los más destacados escritores europeos del momento y su obra ha sido traducida a treinta y siete idiomas. Sus libros transitan con éxito por diferentes géneros, en los que siempre quedan patentes su estilo personal y su singular universo narrativo. De su trayectoria narrativa destacan *En un lugar solitario* (1973), *Historia abreviada de la literatura portátil* (1985), *Suicidios ejemplares* (1988), *Hijos sin hijos* (1993), *Bartleby y compañía* (2000), *El mal de Montano* (2002), *París no se acaba nunca* (2004), *Doctor Pasavento* (2005), *Dietario voluble* (2008), *Dublinesca* (2010), *Chet Baker piensa en su arte* (2011), *Aire de Dylan* (2012), *Kassel no invita a la lógica* (2014), *Marienbad eléctrico* (2016), *Mac y su contratiempo* (2017) y *Esta bruma insensata* (2019). Entre sus libros de ensayos literarios encontramos *El viajero más lento* (1992, 2011), *Desde la ciudad nerviosa* (2000), *El viento ligero en Parma* (2004), *Perder teorías* (2010), *Una vida absolutamente maravillosa* (2011), *Fuera de aquí* (2013) e *Impón tu suerte* (2018). Ha obtenido, entre otros galardones, el Premio Ciudad de Barcelona, el Premio Rómulo Gallegos y el Prix Paris Au Meilleur Livre Étranger en 2001; el Prix Médicis-Étranger y el Prix Fernando Aguirre-Libralire en 2002; el Premio Herralde y el Premio Nacional de la Crítica de España en 2003; el Premio Internazionale Ennio Flaiano, el Premio de la Real Academia Española y el Premio Fundación Lara en 2006; el Premio Elsa Morante en 2007; el Premio Internazionale Mondello en 2009; el Premio Leteo y el Prix Jean Carrière en 2010; el Premio Bottari Lattes Grinzane en 2011; el Premio Gregor von Rezzori en 2012; el Premio Formentor de las Letras en 2014; y el Premio FIL de Literatura en Lenguas Romances en 2015. Es Chevalier de la Legión de Honor francesa y Officier de l'Ordre des Arts et des Lettres desde 2013, pertenece a la convulsa Orden de los Caballeros del Finnegans, y es rector (desconocido) de la Universidad Desconocida de Nueva York, con sede en la librería McNally & Jackson.

Enrique Vila-Matas

Bartleby y compañía

DEBOLS!LLO

Papel certificado por el Forest Stewardship Council®

MIXTO
Papel procedente de
fuentes responsables
FSC® C117695
www.fsc.org

Penguin
Random House
Grupo Editorial

Primera edición en Debolsillo: marzo de 2016
Onceava reimpresión: Diciembre de 2023

© 2000, Enrique Vila-Matas
© 2016, Penguin Random House Grupo Editorial, S. A. U.
Travessera de Gràcia, 47-49. 08021 Barcelona
Diseño de la cubierta: Elsa Suárez Girard
Fotografía de la cubierta: © Chema Madoz
Fotografía del autor: © Paula de Parma

Printed in Spain – Impreso en España

ISBN: 978-84-663-2985-9
Depósito legal: B-778-2016

Compuesto en M. I. Maquetación, S. L.

Impreso en ARTEOS S. L.

P 3 2 9 8 5 C

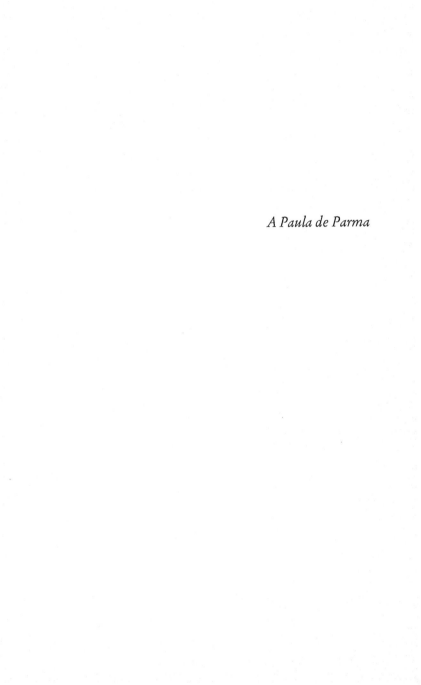

A Paula de Parma

La gloria o el mérito de ciertos hombres consiste en escribir bien; el de otros consiste en no escribir.

JEAN DE LA BRUYÈRE

Nunca tuve suerte con las mujeres, soporto con resignación una penosa joroba, todos mis familiares más cercanos han muerto, soy un pobre solitario que trabaja en una oficina pavorosa. Por lo demás, soy feliz. Hoy más que nunca porque empiezo —8 de julio de 1999— este diario que va a ser al mismo tiempo un cuaderno de notas a pie de página que comentarán un texto invisible y que espero que demuestren mi solvencia como rastreador de bartlebys.

Hace veinticinco años, cuando era muy joven, publiqué una novelita sobre la imposibilidad del amor. Desde entonces, a causa de un trauma que ya explicaré, no había vuelto a escribir, pues renuncié radicalmente a hacerlo, me volví un bartleby, y de ahí mi interés desde hace tiempo por ellos.

Todos conocemos a los bartlebys, son esos seres en los que habita una profunda negación del mundo. Toman su nombre del escribiente Bartleby, ese oficinista de un relato de Herman Melville que jamás ha sido visto leyendo, ni siquiera un periódico; que, durante prolongados lapsos, se queda de pie mirando hacia fuera por la pálida ventana que hay tras un biombo, en dirección a un muro de ladrillo de Wall Street; que nunca bebe cerveza, ni té, ni café como los demás; que jamás ha ido a ninguna parte, pues vive en la oficina, incluso pasa en ella los domingos; que nunca ha dicho quién es, ni de dónde viene, ni si tiene parientes en este mundo; que, cuando se le pregunta dónde nació o se le encarga un trabajo o se le pide que cuente algo sobre él, responde siempre diciendo:

—Preferiría no hacerlo.

Hace tiempo ya que rastreo el amplio espectro del síndrome de Bartleby en la literatura, hace tiempo que estudio la enfermedad, el mal endémico de las letras contemporáneas, la pulsión negativa o la atracción por la nada que hace que ciertos creadores, aun teniendo una conciencia literaria muy exigente (o quizás precisamente por eso), no lleguen a escribir nunca; o bien escriban uno o dos libros y luego renuncien a la escritura; o bien, tras poner en marcha sin problemas una obra en progreso, queden, un día, literalmente paralizados para siempre.

La idea de rastrear la literatura del No, la de Bartleby y compañía, nació el pasado martes en la oficina cuando me pareció que la secretaria del jefe le decía a alguien por teléfono:

—El señor Bartleby está reunido.

Me reí a solas. Resulta difícil imaginar a Bartleby reunido con alguien, zambullido, por ejemplo, en la cargada atmósfera de un consejo de administración. Pero no resulta tan difícil —es lo que me propongo hacer en este diario o notas a pie de página— reunir a un buen puñado de bartlebys, es decir, a un buen puñado de escritores tocados por el Mal, por la pulsión negativa.

Por supuesto oí «Bartleby» donde debería haber oído el apellido, muy parecido, de mi jefe. Pero lo cierto es que este equívoco no pudo resultar más oportuno, ya que hizo que de golpe me pusiera en marcha y, después de veinticinco años de silencio, me decidiera por fin a volver a escribir, a escribir sobre los diferentes secretos últimos de algunos de los más llamativos casos de creadores que renunciaron a la escritura.

Me dispongo, pues, a pasear por el laberinto del No, por los senderos de la más perturbadora y atractiva tendencia de las literaturas contemporáneas: una tendencia en la que se encuentra el único camino que queda abierto a la auténtica creación literaria; una tendencia que se pregunta qué es la escritura y dónde está y que merodea alrededor de la imposibilidad de la misma y que dice la verdad sobre el estado de pronóstico grave —pero sumamente estimulante— de la literatura de este fin de milenio.

Sólo de la pulsión negativa, sólo del laberinto del No puede surgir la escritura por venir. Pero ¿cómo será esa literatura? Hace poco, con cierta malicia, me lo preguntó un compañero de oficina.

—No lo sé —le dije—. Si lo supiera, la haría yo mismo.

A ver si soy capaz de hacerla. Estoy convencido de que sólo del rastreo del laberinto del No pueden surgir los caminos que quedan abiertos para la escritura que viene. A ver si soy capaz de sugerirlos. Escribiré notas a pie de página que comentarán un texto invisible, y no por eso inexistente, ya que muy bien podría ser que ese texto fantasma acabe quedando como en suspensión en la literatura del próximo milenio.

1) Robert Walser sabía que escribir que no se puede escribir, también es escribir. Y entre los muchos empleos de subalterno que tuvo —dependiente de librería, secretario de abogado, empleado de banco, obrero en una fábrica de máquinas de coser, y finalmente mayordomo en un castillo de Silesia—, Robert Walser se retiraba de vez en cuando, en Zurich, a la «Cámara de Escritura para Desocupados» (el nombre no puede ser más walseriano, pero es auténtico), y allí, sentado en un viejo taburete, al atardecer, a la pálida luz de un quinqué de petróleo, se servía de su agraciada caligrafía para trabajar de copista, para trabajar de «bartleby».

No sólo ese rasgo de copista sino toda la existencia de Walser nos hacen pensar en el personaje del relato de Melville, el escribiente que pasaba las veinticuatro horas del día en la oficina. Roberto Calasso, hablando de Walser y Bartleby, ha comentado que en esos seres que imitan la apariencia del hombre discreto y corriente habita, sin embargo, una turbadora tendencia a la negación del mundo. Tanto más radical cuanto menos advertido, el soplo de destrucción pasa muchas veces desapercibido para la gente que ve en los bartlebys a seres grises y bonachones. «Para muchos, Walser, el autor de *Jakob von Gunten* e inventor del Instituto Benjamenta —escribe Calasso—, continúa siendo una figura familiar y se puede incluso llegar a leer que su nihilismo es burgués y helvéticamente bonachón. Y es, al contrario, un personaje remoto, una vía paralela de la naturaleza, un filo casi indiscernible. La obediencia de Walser, como la desobediencia de Bartleby, presupone una ruptura total (...) Copian, transcriben escrituras que los atraviesan como una lámina transparente. No enuncian nada especial, no intentan modificar. No me desarrollo, dice Jakob von Gunten. No quiero cambios, dice Bartleby. En su afinidad se revela la equivalencia entre el silencio y cierto uso decorativo de la palabra.»

De entre los escritores del No, la que podríamos llamar sección de los escribientes es de las más extrañas y la que a mí tal vez más me afecta. Y eso porque, hace veinticinco años, experimenté personalmente la sensación de saber qué es ser un copista. Y lo pasé muy mal. Yo entonces era muy joven y me sentía muy orgulloso de haber publicado un libro sobre la imposibilidad del amor. Le regalé un ejemplar a mi padre sin prever las terribles consecuencias que eso iba a tener para mí. Y es que, a los pocos días, mi padre, al sentirse molesto por entender que en mi libro había un memorial de agravios contra su primera esposa, me obligó a escribirle a ella, en el ejemplar regalado, una dedicatoria dictada por él. Me resistí como pude a semejante idea. La literatura era precisamente —como le ocurría a Kafka— lo único que yo tenía para tratar de independizarme de mi padre. Luché como un loco para no tener que copiar lo que quería dictarme. Pero finalmente acabé claudicando, fue espantoso sentirme un copista a las órdenes de un dictador de dedicatorias.

Este incidente me dejó tan hundido que he estado veinticinco años sin escribir nada. Hace poco, unos días antes de oír eso de «el señor Bartleby está reunido», leí un libro que me ayudó a reconciliarme con la condición de copista. Creo que la risa y diversión que me proporcionó la lectura de *Instituto Pierre Menard* me ayudó a preparar el terreno para mi decisión de cancelar el viejo trauma y volver a escribir.

Instituto Pierre Menard, una novela de Roberto Moretti, está ambientada en un colegio en el que enseñan a decir que «no» a más de mil propuestas, desde la más disparatada a la más atractiva y difícil de rechazar. Se trata de una novela en clave de humor y una parodia muy ingeniosa del Instituto Benjamenta de Robert Walser. De hecho, entre los alumnos del instituto se encuentran el propio Walser y el escribiente Bartleby. En la novela apenas pasa nada, salvo que, al terminar sus estudios, todos los alumnos del Pierre Menard salen de ahí convertidos en consumados y alegres copistas.

Me reí mucho con esta novela, sigo riéndome todavía. Ahora mismo, por ejemplo, me río mientras escribo esto porque me da por pensar que soy un escribiente. Para mejor pensarlo e imaginarlo, me pongo a copiar al azar una frase de Robert Walser, la primera que encuentro al abrir uno cualquiera de sus libros: «Por la pradera ya oscurecida pasea un solitario caminante». Copio esta frase y a continuación me dedico a leerla con acento mexicano, y me río solo. Y luego me da por recordar una historia de copistas en México: la de Juan Rulfo y Augusto Monterroso, que durante años fueron escribientes en una tenebrosa oficina en la que, según mis noticias, se comportaban siempre como puros bartlebys, le tenían miedo al jefe porque éste tenía la manía de estrechar la mano de sus empleados cada día al terminar la jornada. Rulfo y Monterroso, copistas en Ciudad de México, se escondían muchas veces detrás de una columna porque pensaban que el jefe no quería despedirse de ellos sino *despedirles* para siempre.

Ese temor al apretón de manos me trae ahora el recuerdo de la historia de la redacción de *Pedro Páramo*, que Juan Rulfo, su autor, explicó así, revelando su condición humana de copista: «En mayo de 1954 compré un cuaderno escolar y apunté el primer capítulo de una novela que durante años había ido tomando forma en mi cabeza (...). Ignoro todavía de dónde salieron las intuiciones a las que debo *Pedro Páramo*. Fue como si alguien me lo dictara. De pronto, a media calle, se me ocurría una idea y la anotaba en papelitos verdes y azules».

Tras el éxito de la novela que escribió como si fuera un copista, ya no volvió Rulfo a escribir nada más en treinta años. Con frecuencia se ha comparado su caso con el de Rimbaud, que tras publicar su segundo libro, a los diecinueve años, lo abandonó todo y se dedicó a la aventura, hasta su muerte, dos décadas después.

Durante un tiempo, el pánico a ser despedido por el apretón de manos de su jefe convivió con el temor a la gente que se le acercaba para decirle que tenía que publicar más. Cuando le preguntaban por qué ya no escribía, Rulfo solía contestar:

—Es que se me murió el tío Celerino, que era el que me contaba las historias.

Su tío Celerino no era ningún invento. Existió realmente. Era un borracho que se ganaba la vida confirmando niños. Rulfo le acompañaba muchas veces y escuchaba las fabulosas historias que éste le contaba sobre su vida, la mayoría inventadas. Los cuentos de *El Llano en llamas* estuvieron a punto de titularse *Los cuentos del tío Celerino.* Rulfo dejó de escribir poco después de que éste muriera. La excusa del tío Celerino es de las más originales que conozco de entre todas las que han creado los escritores del No para justificar su abandono de la literatura.

—¿Que por qué no escribo? —se le oyó decir a Juan Rulfo en Caracas, en 1974—. Pues porque se me murió el tío Celerino, que era el que me contaba las historias. Siempre andaba platicando conmigo. Pero era muy mentiroso. Todo lo que me contaba eran puras mentiras, y entonces, naturalmente, lo que escribí eran puras mentiras. Algunas de las cosas que me platicó fueron sobre la miseria en la que había vivido. Pero no era tan pobre el tío Celerino. Él, debido a que era un hombre respetable, según dijo el arzobispo de allá por su rumbo, fue nombrado para confirmar niños, de pueblo en pueblo. Porque ésas eran tierras peligrosas y los sacerdotes tenían miedo de ir por allí. Yo le acompañaba muchas veces al tío Celerino. A cada lugar donde llegábamos había que confirmar a un niño y luego cobraba por confirmarlo. Toda esa historia no la he escrito, pero algún día quizá lo haga. Es interesante cómo nos fuimos rancheando, de pueblo en pueblo, confirmando criaturas, dándoles la bendición de Dios y esas cosas, ¿no? Y él era ateo, además.

Pero Juan Rulfo no sólo tenía la historia de su tío Celerino para justificar que no escribía. A veces recurría a los marihuanos.

—Ahora —decía— hasta los marihuanos publican libros. Han salido muchos libros por ahí muy raros, ¿no?, y yo he preferido guardar silencio.

Sobre el mítico silencio de Juan Rulfo escribió Monterroso, su buen amigo en la oficina de copistas mexicanos, una aguda fábula, *El zorro más sabio.* En ella se habla de un Zorro que escribió dos libros de éxito y se dio con razón por satisfecho y pasaron los años y no publicaba otra cosa. Los demás comenzaron a murmurar y a preguntarse qué pasaba con el Zorro y cuando le encontraban en los cócteles se le acercaban a decirle que tenía que publicar más. Pero si ya he publicado dos libros, decía con cansancio el Zorro. Y muy buenos, le contestaban, por eso mismo tienes que publicar otro. El Zorro no lo decía, pero pensaba que en realidad lo que la gente quería era que publicara un libro malo. Pero como era el Zorro no lo hizo.

Transcribir la fábula de Monterroso me ha reconciliado ya definitivamente con la dicha del copista. Adiós para siempre al trauma que me ocasionó mi padre. Ser copista no tiene nada de horrible. Cuando uno copia algo, pertenece a la estirpe de Bouvard y Pécuchet (los personajes de Flaubert) o de Simon Tanner (con su creador Walser a contraluz) o de los funcionarios anónimos del tribunal kafkiano.

Ser copista, además, es tener el honor de pertenecer a la constelación Bartleby. Con esa alegría he bajado hace unos momentos la cabeza y me he abismado en otros pensamientos. Estaba en mi casa, pero me he quedado medio dormido y me he trasladado a una oficina de copistas de Ciudad de México. Pupitres, mesas, sillas, butacas. Al fondo, una gran ventana por donde más que verse se dejaba caer un fragmento del paisaje de Comala. Y aún más al fondo, la puerta de salida con mi jefe tendiéndome la mano. ¿Era mi jefe de México o era mi jefe real? Breve confusión. Yo, que estaba afilando lápices, me daba cuenta de que no iba a tardar nada en ocultarme detrás de una columna. Esa columna me recordaba al biombo tras el que se ocultaba Bartleby cuando habían desmantelado ya la oficina de Wall Street en la que vivía.

Yo me decía de pronto que, si alguien me descubría tras la columna y quería averiguar qué hacía allí, diría con alegría que era el copista que trabajaba con Monterroso, que a su vez trabajaba para el Zorro.

—¿Y ese Monterroso también es, como Rulfo, un escritor del No?

Pensaba que en cualquier momento podían hacerme esa pregunta. Y para ella ya tenía la respuesta:

—No. Monterroso escribe ensayos, vacas, fábulas y moscas. Escribe poco pero escribe.

Tras decir esto, me he despertado. Unas ganas enormes de copiar mi sueño en este cuaderno se han apoderado entonces de mí. Felicidad del copista.

Por hoy ya basta. Continuaré mañana con mis notas a pie de página. Como escribió Walser en *Jakob von Gunten*: «Hoy es necesario que deje de escribir. Me excita demasiado. Y las letras arden y bailan delante de mis ojos.»

2) Si la excusa del tío Celerino era una justificación de peso, lo mismo puede decirse de la que manejaba el escritor español Felipe Alfau para no volver a escribir. Este señor, nacido en Barcelona en 1902 y muerto hace unos meses en el sanatorio de Queens de Nueva York, encontró con lo que le sucedió como latino al aprender la lengua inglesa la justificación ideal para su prolongado silencio literario de cincuenta y un años.

Felipe Alfau emigró a Estados Unidos durante la Primera Guerra Mundial. En 1928 escribió una primera novela, *Locos. A Comedy of Gestures*. Al año siguiente publicó un libro para niños, *Old Tales from Spain*. Después, cayó en un silencio a lo Rimbaud o Rulfo. Hasta que en 1948 publicó *Chromos*, al que siguió un impresionante silencio literario definitivo.

Alfau, especie de Salinger catalán, se escondió en el asilo de Queens, y a los periodistas que a finales de los ochenta intentaban entrevistarle él les decía, con el mejor estilo de los escritores esquivos: «El señor Alfau está en Miami».

En *Chromos*, con palabras parecidas a las de Hofmannsthal en su emblemático texto del No, la *Carta de Lord Chandos* (donde éste renuncia a la escritura porque dice que ha perdido del todo la facultad de pensar o de hablar coherentemente de cualquier cosa), Felipe Alfau explica de la siguiente forma su renuncia a seguir escribiendo: «En cuanto aprendes inglés empiezan las complicaciones. Por mucho que lo intentes, siempre llegas a esta conclusión. Esto se puede aplicar a todo el mundo, a los que hablan por nacimiento, pero sobre todo a los latinos, españoles incluidos. Se manifiesta haciéndonos sensibles a implicaciones y complejidades en las que jamás habíamos reparado, nos hace soportar el acoso de la filosofía, que, sin un quehacer específico, se entromete en todo y, en el caso de los latinos, les hace perder una de sus características raciales: el tomarse las cosas como vienen, dejándolas en paz, sin indagar las causas, motivos o fines, sin entrometerse indiscretamente en cuestiones que no son de su incumbencia, y les vuelve no sólo inseguros sino también conscientes de asuntos que no les habían importado hasta entonces».

Me parece genial el tío Celerino que se sacó de la manga Felipe Alfau. Creo que es muy ingenioso decir que uno ha renunciado a la escritura por culpa del trastorno de haber aprendido inglés y haberse hecho sensible a complejidades en las que nunca había reparado.

Acabo de comentarle esto a Juan, que es posiblemente el único amigo que tengo, aunque nos vemos poco. A Juan le gusta mucho leer —le sirve como desahogo de su trabajo en el aeropuerto, que le tiene amargado— y opina que desde Musil no se ha escrito una sola buena novela. Sólo conocía él de oídas a Felipe Alfau y no tenía ni idea de que éste se hubiera escudado en el drama de haber aprendido inglés para justificar así su renuncia a la escritura. Al comentárselo hoy por teléfono, ha soltado una gran carcajada. Después, ha comenzado a repetir varias veces, pasándoselo en grande al decirlo:

—De modo que el inglés le complicó demasiado la vida...

He terminado colgándole por sorpresa el teléfono, pues he tenido la impresión de que estaba perdiendo el tiempo con él y debía volver a mi cuaderno de notas. No he simulado una depresión para perder el tiempo con Juan. Porque he simulado en la Seguridad Social una gran depresión y he logrado que me dieran la baja por tres semanas (como tengo vacaciones en agosto, no tendré que ir a la oficina hasta septiembre), lo que va a permitirme una dedicación completa a este diario, voy a poder dedicar todo mi tiempo a estas queridas notas sobre el síndrome de Bartleby.

Le he colgado, pues, el teléfono al hombre que después de Musil no aprecia nada. Y he vuelto a lo mío, a este diario. Y he recordado de pronto que Samuel Beckett terminó también, como Alfau, en un asilo. También como éste, ingresó en el asilo por voluntad propia.

He encontrado un segundo punto en común entre Alfau y Beckett. Me he dicho que es muy posible que también a Beckett el inglés le complicara la vida y que eso explicaría su famosa decisión de pasarse al francés, ese idioma que él consideraba que le iba mejor para sus escritos, pues era más pobre y sencillo.

3) «Me habitué —escribe Rimbaud— a la alucinación simple, veía con toda nitidez una mezquita donde había una fábrica, un grupo de tambores formado por ángeles, calesas en los caminos del cielo, un salón en el fondo de un lago.»

A los diecinueve años, Rimbaud, con una precocidad genial, ya había escrito toda su obra y cayó en un silencio literario que duraría hasta el final de sus días. ¿De dónde procedían sus alucinaciones? Creo que le llegaban simplemente de una imaginación muy poderosa.

No tan claro está de dónde procedían las alucinaciones de Sócrates. Aunque se ha sabido siempre que éste tenía un carácter delirante y alucinado, una conspiración de silencio se encargó durante siglos de no poner esto de relieve. Y es que el hecho de que uno de los pilares de nuestra civilización fuera un excéntrico desaforado, resultaba muy difícil de asumir.

Hasta 1836 no se atrevió nadie a recordar cuál era la verdadera personalidad de Sócrates, se atrevió a esto Louis Ferdinand Lélut en *Du démon de Socrate,* un bellísimo ensayo que, basándose escrupulosamente en el testimonio de Jenofonte, recompuso la imagen del sabio griego. A veces, uno cree estar viendo el retrato del poeta catalán Pere Gimferrer: «Vestía el mismo abrigo en todas las estaciones, caminaba descalzo tanto sobre el hielo como sobre la tierra, recalentada por el sol de Grecia, danzaba y saltaba con frecuencia solo, sin motivo y como por capricho (...), en fin, debido a su conducta y a sus maneras se había ganado tal reputación de estrafalario que Zenón el Epicúreo lo apodó el bufón de Atenas, lo que hoy llamaríamos un *excéntrico*».

Platón ofrece un testimonio más que inquietante en *El banquete* acerca del carácter delirante y alucinado de Sócrates: «A mitad del camino, Sócrates se quedó atrás, estaba totalmente ensimismado. Me detuve para esperarlo, pero él me dijo que siguiera avanzando (...). No —les dije a los demás—, dejadlo, le ocurre muy a menudo, de pronto se para allí donde se encuentra. Percibí —dijo de pronto Sócrates— esa señal divina que me resulta familiar y cuya aparición siempre me paraliza en el momento de actuar (...). El dios que me gobierna no me ha permitido hablarte de ello hasta ahora, y esperaba su permiso».

«Me habitué a la alucinación simple», podría haber escrito también Sócrates de no ser porque él jamás escribió una sola línea, sus excursiones mentales de carácter alucinado pudieron tener mucho que ver con su rechazo de la escritura. Y es que a nadie le puede resultar grato dedicarse a inventariar por escrito las alucinaciones propias. Rimbaud sí que lo hizo, pero después de dos libros se cansó, tal vez porque intuyó que iba a llevar muy mala vida si se dedicaba todo el rato a registrar, una tras otra, sus infatigables visiones; tal vez Rimbaud había oído hablar de ese cuento de Asselineau, *El infierno del músico*, donde se narra el caso de alucinación terrible que sufre un compositor condenado a oír simultáneamente todas sus composiciones ejecutadas, bien o mal, en todos los pianos del mundo.

Hay un parentesco evidente entre la negativa de Rimbaud a seguir inventariando sus visiones y el eterno silencio escrito del Sócrates de las alucinaciones. Sólo que la emblemática renuncia a la escritura por parte de Rimbaud podemos verla, si queremos, como una simple repetición del gesto histórico del ágrafo Sócrates, que, sin molestarse en escribir libros como Rimbaud, dio menos rodeos y renunció ya de entrada a la escritura de todas sus alucinaciones en todos los pianos del mundo.

A este parentesco entre Rimbaud y su ilustre maestro Sócrates bien se le podrían aplicar estas palabras de Victor Hugo: «Hay algunos hombres misteriosos que no pueden ser sino grandes. ¿Por qué lo son? Ni ellos mismos lo saben. ¿Lo sabe acaso quien los ha enviado? Tienen en la pupila una visión terrible que nunca los abandona. Han visto el océano como Homero, el Cáucaso como Esquilo, Roma como Juvenal, el infierno como Dante, el paraíso como Milton, al hombre como Shakespeare. Ebrios de ensoñación e intuición en su avance casi inconsciente sobre las aguas del abismo, han atravesado el rayo extraño de lo ideal, y éste les ha penetrado para siempre... Un pálido sudario de luz les cubre el rostro. El alma les sale por los poros. ¿Qué alma? Dios».

¿Quién envía a esos hombres? No lo sé. Todo cambia menos Dios. «En seis meses incluso la muerte cambia de moda», decía Paul Morand. Pero Dios no cambia nunca, me digo yo. Es bien sabido que Dios calla, es un maestro del silencio, oye todos los pianos del mundo, es un consumado escritor del No, y por eso es trascendente. No puedo estar más de acuerdo con Marius Ambrosinus, que dijo: «Según mi opinión, Dios es una persona excepcional».

4) En realidad la enfermedad, el síndrome de Bartleby, viene de lejos. Hoy es ya un mal endémico de las literaturas contemporáneas esta pulsión negativa o atracción por la nada que hace que ciertos autores literarios no lleguen, en apariencia, a serlo nunca.

De hecho, nuestro siglo se abre con el texto paradigmático de Hofmannsthal (*Carta de Lord Chandos* es de 1902), en el que el autor vienés promete, en vano, no escribir nunca más una sola línea. Franz Kafka no cesa de aludir a la imposibilidad esencial de la materia literaria, sobre todo en sus *Diarios*.

André Gide construyó un personaje que recorre toda una novela con la intención de escribir un libro que nunca escribe (*Paludes*). Robert Musil ensalzó y convirtió casi en un mito la idea de un «autor improductivo» en *El hombre sin atributos*. Monsieur Teste, el alter ego de Valéry, no sólo ha renunciado a escribir, sino que incluso ha arrojado su biblioteca por la ventana.

Wittgenstein sólo publicó dos libros: el célebre *Tractatus Logico-philosophicus* y un vocabulario rural austriaco. En más de una ocasión refirió la dificultad que para él entrañaba exponer sus ideas. A semejanza del caso de Kafka, el suyo es un compendio de textos inconclusos, de bocetos y de planes de libros que nunca publicó.

Pero basta echar un vistazo a la literatura del XIX para caer en la cuenta de que los cuadros o los libros «imposibles» son una herencia casi lógica de la propia estética romántica. Francesco, un personaje de *Los elixires del diablo*, de Hoffmann, no llega nunca a pintar una Venus que imagina perfecta. En *La obra de arte desconocida*, Balzac nos habla de un pintor que no alcanza a dar forma más que a un trozo de pie de una mujer soñada. Flaubert no completó jamás el proyecto de *Garçon*, que sin embargo orienta toda su obra. Y Mallarmé sólo llegó a emborronar cientos de cuartillas con los cálculos mercantiles, y poca cosa más de su proyectado gran *Livre*.

Así que viene de lejos el espectáculo moderno de toda esa gente paralizada ante las dimensiones absolutas que conlleva toda creación. Pero también los ágrafos, paradójicamente, constituyen literatura. Como escribe Marcel Bénabou en *Por qué no he escrito ninguno de mis libros*: «Sobre todo no vaya usted a creer, lector, que los libros que no he escrito son pura nada. Por el contrario (que quede claro de una vez), están como en suspensión en la literatura universal».

5) A veces se abandona la escritura porque uno simplemente cae en un estado de locura del que ya no se recupera nunca. El caso más paradigmático es el de Hölderlin, que tuvo un imitador involuntario en Robert Walser. El primero estuvo los treinta y ocho últimos años de su vida encerrado en la buhardilla del carpintero Zimmer, en Tubinga, escribiendo versos raros e incomprensibles que firmaba con los nombres de Scardanelli, Killalusimeno o Buonarotti. El segundo pasó los veintiocho últimos años de su vida encerrado en los manicomios de Waldau, primero, y después en el de Herisau, dedicado a una frenética actividad de letra microscópica, ficticios e indescifrables galimatías en unos minúsculos trozos de papel.

Creo que puede decirse que, de algún modo, tanto Hölderlin como Walser *siguieron escribiendo*: «Escribir —decía Marguerite Duras— también es no hablar. Es callarse. Es aullar sin ruido». De los aullidos sin ruido de Hölderlin tenemos el testimonio, entre otros, de J. G. Fischer, que cuenta así la última visita que le hizo al poeta en Tubinga: «Le pedí a Hölderlin algunas líneas sobre cualquier tema, y él me preguntó si quería que le escribiera sobre Grecia, sobre la Primavera o sobre el Espíritu del Tiempo. Le contesté que esto último. Y entonces, brillando en sus ojos algo así como un fuego juvenil, se acomodó en el pupitre, tomó una gran hoja, una pluma nueva y escribió, escandiendo el ritmo con los dedos de la mano izquierda sobre el pupitre y exclamando un *hum* de satisfacción al terminar cada línea al tiempo que movía la cabeza en signo de aprobación...».

De los aullidos sin ruido de Walser tenemos el amplio testimonio de Carl Seelig, el fiel amigo que siguió visitando al escritor cuando éste fue a parar a los manicomios de Waldau y de Herisau. Elijo entre todos el «retrato de un momento» (ese género literario al que tan aficionado era Witold Gombrowicz) en el que Seelig sorprendió a Walser en el instante exacto de la verdad, ese momento en el que una persona, con un gesto —el movimiento de cabeza en señal de aprobación de Hölderlin, por ejemplo— o con una frase, delata lo que genuinamente es: «No olvidaré nunca aquella mañana de otoño en la que Walser y yo caminamos de Teufen a Speichen, a través de una niebla muy espesa. Le dije aquel día que quizás su obra duraría tanto como la de Gottfried Keller. Se plantó como si hubiese echado raíces en la tierra, me miró con suma gravedad y me dijo que, si me tomaba en serio su amistad, no le saliese jamás con semejantes cumplidos. Él, Robert Walser, era un cero a la izquierda y quería ser olvidado».

Toda la obra de Walser, incluido su ambiguo silencio de veintiocho años, comenta la vanidad de toda empresa, la vanidad de la vida misma. Tal vez por eso sólo deseaba ser un cero a la izquierda. Alguien ha dicho que Walser es como un corredor de fondo que, a punto de alcanzar la meta codiciada, se detiene sorprendido y mira a maestros y condiscípulos y abandona, es decir, que se queda en lo suyo, que es una estética del desconcierto. A mí Walser me recuerda a Piquemal, un curioso *sprinter*, un ciclista de los años sesenta que era ciclotímico y a veces se le olvidaba terminar la carrera.

Robert Walser amaba la vanidad, el fuego del verano y los botines femeninos, las casas iluminadas por el sol y las banderas ondeantes al viento. Pero la vanidad que él amaba nada tenía que ver con la ambición del éxito personal, sino con ese tipo de vanidad que es una tierna exhibición de lo mínimo y de lo fugaz. No podía estar Walser más lejos de los climas de altura, allí donde impera la fuerza y el prestigio: «Y si alguna vez una ola me levantase y me llevase hacia lo alto, allí donde impera la fuerza y el prestigio, haría pedazos las circunstancias que me han favorecido y me arrojaría yo mismo abajo, a las ínfimas e insignificantes tinieblas. Sólo en las regiones inferiores consigo respirar».

Walser quería ser un cero a la izquierda y nada deseaba tanto como ser olvidado. Era consciente de que todo escritor debe ser olvidado apenas ha cesado de escribir, porque esa página ya la ha perdido, se le ha ido literalmente volando, ha entrado ya en un contexto de situaciones y de sentimientos diferentes, responde a preguntas que otros hombres le hacen y que su autor no podía ni siquiera imaginar.

La vanidad y la fama son ridículas. Séneca decía que la fama es horrible porque depende del juicio de muchos. Pero no es exactamente esto lo que llevaba a Walser a desear ser olvidado. Más que horrible, la fama y las vanidades mundanas eran, para él, completamente absurdas. Y lo eran porque la fama, por ejemplo, parece dar por sentado que hay una relación de propiedad entre un nombre y un texto que lleva ya una existencia sobre la que ese pálido nombre ya no puede seguramente influir.

Walser quería ser un cero a la izquierda y la vanidad que amaba era una vanidad como la de Fernando Pessoa, que en cierta ocasión, al arrojar al suelo el papel de plata que envolvía una chocolatina, dijo que así, que de aquella forma, había tirado él la vida.

De la vanidad del mundo se reía también, al final de sus días, Valéry Larbaud. Si Walser pasó los veintiocho últimos años de su vida encerrado en manicomios, Valéry Larbaud, a causa de un ataque de hemiplejía, pasó en una silla de ruedas los veinte últimos años de su azarosa existencia.

Larbaud conservó enteras su lucidez y su memoria, pero cayó en una confusión total del lenguaje, carente de organización sintáctica, reducido a sustantivos o a infinitivos aislados, reducido a un mutismo inquietante que un día, de pronto, ante la sorpresa de los amigos que habían ido a visitarle, rompió con esta frase:

—*Bonsoir les choses d'ici bas.*

¿Buenas tardes a las cosas de aquí abajo? Una frase intraducible. Héctor Bianciotti, en un relato dedicado a Larbaud, observa que en *bonsoir* hay crepúsculo, el día que se acaba, en vez de noche, y una leve ironía colorea la frase al referirse a *las cosas de aquí abajo*, es decir, de este mundo. Sustituirla por *adiós* alteraría el delicado matiz.

Esta frase la repitió Larbaud varias veces a lo largo de aquel día, siempre conteniendo la risa, sin duda para mostrar que no se engañaba, que sabía que la frase no significaba nada pero que iba muy bien para comentar la vanidad de toda empresa.

En las antípodas de esto se encuentra Fanil, el protagonista del cuento *El vanidoso*, de un escritor argentino al que admiro mucho, J. Rodolfo Wilcock, un gran narrador que a su vez admiraba mucho a Walser. Acabo de encontrarme, guardada entre las páginas de uno de sus libros, una entrevista en la que Wilcock hace esta declaración de principios: «Entre mis autores preferidos están Robert Walser y Ronald Firbank, y todos los autores preferidos por Walser y Firbank, y todos los autores que éstos, a su vez, preferían».

Fanil, el protagonista de *El vanidoso*, tiene la piel y los músculos transparentes, tanto que se pueden ver los distintos órganos de su cuerpo, como encerrados en una vitrina. Fanil ama exhibirse y exhibir sus vísceras, recibe a los amigos en traje de baño, se asoma a la ventana con el torso desnudo; deja que todo el mundo pueda admirar el funcionamiento de sus órganos. Los dos pulmones se inflan como un soplido, el corazón late, las tripas se contorsionan lentamente, y él hace alarde de eso. «Pero siempre es así —escribe Wilcock—: cuando una persona tiene una peculiaridad, en vez de esconderla, hace alarde, y a veces llega a hacer de ella su razón de ser.»

El cuento concluye diciéndonos que todo eso sucede hasta que llega un día en que alguien le dice al vanidoso: «Oye, ¿qué es esta mancha blanca que tienes aquí, debajo de la tetilla? Antes no estaba». Y entonces se ve adónde van a parar las exhibiciones desagradables.

6) Se da el caso de quien renuncia a escribir porque considera que él no es nadie. Pepín Bello, por ejemplo. Marguerite Duras decía: «La historia de mi vida no existe. No hay centro. No hay camino, ni línea. Hay vastos espacios donde se ha hecho creer que había alguien, pero no es verdad, no había nadie». «No soy nadie», dice Pepín Bello cuando se habla con él y se hace referencia a su probado rol de galvanizador o artífice, profeta o cerebro de la generación del 27, y sobre todo del grupo que él, García Lorca, Buñuel y Dalí formaron en la Residencia de Estudiantes. En *La edad de oro*, Vicente Molina Foix cuenta cómo, al recordarle a Bello su influencia decisiva en los mejores cerebros de su generación, éste se limitó a contestarle, con una modestia que no sonó a hueca ni orgullosa: «No soy nadie».

Por mucho que se le insista a Pepín Bello —hoy un hombre de noventa y tres años, sorprendente ágrafo a pesar de su genialidad artística—, por mucho que hasta se le recuerde que todas las memorias y los libros que tratan de la generación del 27 resuenan con su nombre, por mucho que se le diga que en todos esos libros se habla de él en términos de grandísima admiración por sus ocurrencias, por sus anticipaciones, por su agudeza, por mucho que se le diga que él fue el cerebro en la sombra de la generación literaria más brillante de la España de este siglo, por mucho que se le insista en todo esto, él siempre dice que no es nadie, y luego, riendo de una manera infinitamente seria, aclara: «He escrito mucho, pero no queda nada. He perdido cartas y he perdido textos escritos en aquella época de la Residencia, porque no les he dado ningún valor. He escrito memorias y las he roto. El género de las memorias es importante, pero yo no».

En España, Pepín Bello es el escritor del No por excelencia, el arquetipo genial del artista hispano sin obras. Bello figura en todos los diccionarios artísticos, se le reconoce una actividad excepcional, y sin embargo carece de obras, ha cruzado por la historia del arte sin ambiciones de alcanzar alguna cima: «No he escrito nunca con ánimo de publicar. Lo hice para los amigos, para reírnos, por pitorreo».

Una vez, estando yo de paso en Madrid, hará de eso unos cinco años, me dejé caer por la Residencia de Estudiantes, donde habían organizado un acto en homenaje a Buñuel. Allí estaba Pepín Bello. Le espié un buen rato y hasta me acerqué mucho a él para ver qué clase de cosas decía. Dicho con un pitorreo zumbón y divertido, le escuché decir esto:

—Yo soy el Pepín Bello de los manuales y los diccionarios.

Nunca dejará de admirarme el destino de este recalcitrante ágrafo, de quien siempre se resalta su absoluta sencillez, como si él supiera que en ella se encuentra el verdadero modo de distinguirse.

7) Decía el triestino Bobi Bazlen: «Yo creo que ya no se pueden escribir libros. Por lo tanto, no escribo más libros. Casi todos los libros no son más que notas de pie de página, infladas hasta convertirse en volúmenes. Por eso escribo sólo notas a pie de página».

Sus *Note senza testo* (Notas sin texto), recogidas en cuadernos, fueron publicadas en 1970 por la editorial Adelphi, cinco años después de su muerte.

Bobi Bazlen fue un judío de Trieste que había leído todos los libros en todas las lenguas y que, aun teniendo una conciencia literaria muy exigente (o quizás precisamente por eso), en lugar de escribir prefirió intervenir directamente en la vida de las personas. El hecho de no haber producido una obra forma parte de su obra. Es un caso muy curioso el de Bazlen, especie de sol negro de la crisis de Occidente; su existencia misma parece el verdadero final de la literatura, de la falta de obra, de la muerte del autor: escritor sin libros, y en consecuencia libros sin escritor.

Pero ¿por qué no escribió Bazlen?

Ésta es la pregunta en torno a la que gira la novela de Daniele Del Giudice *El estadio de Wimbledon.* De Trieste a Londres, esa pregunta orienta la indagación del narrador en primera persona, un joven que se interroga sobre el misterio de Bazlen, quince años después de su muerte, y viaja a Trieste y a Londres en busca de amigos y amigas de juventud, ancianos ya. A los antiguos amigos del mítico ágrafo les interroga en busca de los motivos por los que éste nunca escribió —pudiendo hacerlo magníficamente— un libro. Bazlen, caído ya en cierto olvido, había sido un hombre muy famoso y venerado en el mundo de la edición italiana. Este hombre, del que se decía que había leído todos los libros, había sido asesor de Einaudi y puntal de Adelphi desde su fundación en 1962, amigo de Svevo, Saba, Montale y Proust, e introductor en Italia de Freud, Musil y Kafka, entre otros.

Todos sus amigos se pasaron la vida creyendo que al final Bazlen acabaría escribiendo un libro y éste sería una obra maestra. Pero Bobi Bazlen dejó tan sólo esas notas a pie de página, *Notas sin texto*, y una novela a medio hacer, *El capitán de altura.*

Del Giudice ha contado que, cuando comenzó a escribir *El estadio de Wimbledon*, él deseaba conservar en la narración la idea de Bazlen según la cual «ya no es posible seguir escribiendo», pero al mismo tiempo buscaba darle una vuelta de tuerca a esa negación. Sabía que de ese modo le daría más tensión a su relato. Lo que le acabó sucediendo a Del Giudice al final de su novela es fácil de adivinar: vio que toda la novela no era más que la historia de una decisión, la de escribir. Hay incluso momentos en el libro en los que Del Giudice, por boca de una vieja amiga de Bazlen, maltrata con extrema crueldad al mítico ágrafo: «Era maléfico. Se pasaba el tiempo ocupándose del vivir ajeno, de las relaciones de los otros: en suma, un fracasado que vivía la vida de los demás».

Y en otro lugar de la novela el joven narrador habla en estos términos: «Escribir no es importante, pero no se puede hacer otra cosa». De este modo el narrador proclama una moral que es exactamente contraria a la de Bazlen. «Casi tímidamente —ha escrito Patrizia Lombardo— la novela de Del Giudice se opone a los que culpabilizan la producción literaria, arquitectónica, a todos los que veneran a Bazlen por su silencio. Entre la futilidad de la pura creatividad artística y el terrorismo de la negatividad, quizás haya lugar para algo diferente: la moral de la forma, el placer de un objeto bien hecho.»

Yo diría que para Del Giudice escribir es una actividad de alto riesgo, y en este sentido, al estilo de sus admirados Pasolini y Calvino, entiende que la obra escrita está fundada sobre la nada y que un texto, si quiere tener validez, debe abrir nuevos caminos y tratar de decir lo que aún no se ha dicho.

Creo que estoy de acuerdo con Del Giudice. En una descripción bien hecha, aunque sea obscena, hay algo moral: la voluntad de decir la verdad. Cuando se usa el lenguaje para simplemente obtener un efecto, para no ir más allá de lo que nos está permitido, se incurre paradójicamente en un acto inmoral. En *El estadio de Wimbledon* hay por parte de Del Giudice una búsqueda ética precisamente en su lucha por crear nuevas formas. El escritor que trata de ampliar las fronteras de lo humano puede fracasar. En cambio, el autor de productos literarios convencionales nunca fracasa, no corre riesgos, le basta aplicar la misma fórmula de siempre, su fórmula de académico acomodado, su fórmula de ocultamiento.

Al igual que en la *Carta de Lord Chandos* (donde se nos dice que el infinito conjunto cósmico del que formamos parte no puede ser descrito con palabras y por lo tanto la escritura es un pequeño equívoco sin importancia, tan pequeño que nos hace casi mudos), la novela de Del Giudice ilustra sobre la imposibilidad de la escritura, pero también nos indica que pueden existir miradas nuevas sobre nuevos objetos y por lo tanto es mejor escribir que no hacerlo.

¿Y hay más motivos para pensar que es mejor escribir? Sí. Uno de ellos es muy sencillo: porque todavía se puede escribir con alto sentido del riesgo y de la belleza con estilo clásico. Es la gran lección del libro de Del Giudice, pues en él se muestra, página tras página, un interés muy grande por la antigüedad de lo nuevo. Porque el pasado siempre resurge con una vuelta de tuerca. Internet, por ejemplo, es nuevo, pero la *red* existió siempre. La red con la que los pescadores atrapaban a los peces ahora no sirve para encerrar presas sino para abrirnos al mundo. Todo permanece pero cambia, pues lo de siempre se repite mortal en lo nuevo, que pasa rapidísimo.

8) ¿Y hay más motivos para pensar que es mejor escribir? Hace poco leí *La tregua* de Primo Levi, donde éste retrata a la gente que estaba con él en el campo de concentración, gente de la que no tendríamos noticia de no ser por ese libro. Y Levi dice que todos ellos querían volver a sus casas, querían sobrevivir no sólo por el instinto de conservación, sino porque deseaban contar lo que habían visto. Querían que esa experiencia sirviera para que todo eso no volviera a suceder, pero había más: buscaban contar esos días trágicos para que no se disolvieran en el olvido.

Todos deseamos rescatar a través de la memoria cada fragmento de vida que súbitamente vuelve a nosotros, por más indigno, por más doloroso que sea. Y la única manera de hacerlo es fijarlo con la escritura.

La literatura, por mucho que nos apasione negarla, permite rescatar del olvido todo eso sobre lo que la mirada contemporánea, cada día más inmoral, pretende deslizarse con la más absoluta indiferencia.

9) Si para Platón la vida es un olvido de la idea, para Clément Cadou toda su vida fue olvidarse de que un día tuvo la idea de querer ser escritor.

Su extraña actitud —nada menos que, para olvidarse de escribir, pasarse toda la vida considerándose un mueble— tiene puntos en común con la no menos extraña biografía de Félicien Marboeuf, un ágrafo del que he tenido noticia a través de *Artistes sans oeuvres* (Artistas sin obras), un ingenioso libro de Jean-Yves Jouannais en torno al tema de los creadores que han optado por no crear.

Cadou tenía quince años cuando sus padres invitaron a Witold Gombrowicz a cenar en su casa. El escritor polaco —estamos a finales de abril de 1963— hacía tan sólo unos meses que, por vía marítima, había dejado Buenos Aires para siempre y, tras su desembarco y paso fugaz por Barcelona, se había dirigido a París, donde, entre otras muchas cosas, había aceptado la invitación a cenar de los Cadou, viejos amigos suyos de los años cincuenta en Buenos Aires.

El joven Cadou era aspirante a ser escritor. De hecho, llevaba ya meses preparándose para serlo. Era la alegría de sus señores padres, que, a diferencia de muchos otros, habían puesto a su disposición todo tipo de facilidades para que él pudiera ser escritor. Les hacía una ilusión inmensa que el joven Cadou pudiera un día convertirse en una brillante estrella del firmamento literario francés. Condiciones no le faltaban al chico, que leía sin tregua toda clase de libros y se preparaba a conciencia para llegar a ser, lo más pronto posible, un escritor admirado.

A su tierna edad, el joven Cadou conocía bastante bien la obra de Gombrowicz, una obra que le tenía muy impresionado y que le llevaba a veces a recitar a sus padres párrafos enteros de las novelas del polaco.

Así las cosas, la satisfacción de los padres al invitar a cenar a Gombrowicz fue doble. Les entusiasmaba la idea de que su joven hijo pudiera entrar en contacto directo, y sin moverse de su casa, con la genialidad del gran escritor polaco.

Pero sucedió algo muy imprevisto. Al joven Cadou le impresionó tanto ver a Gombrowicz entre las cuatro paredes de la casa de sus padres, que apenas pronunció palabra a lo largo de la velada y acabó —algo parecido le había ocurrido al joven Marboeuf cuando vio a Flaubert en la casa de sus padres— sintiéndose literalmente un mueble del salón en el que cenaron.

A partir de aquella metamorfosis casera, el joven Cadou vio cómo quedaban anuladas para siempre sus aspiraciones de llegar a ser un escritor.

Pero el caso de Cadou se diferencia del de Marboeuf en la frenética actividad artística que, a partir de los diecisiete años, desplegó para rellenar el vacío que había dejado en él su inapelable renuncia a escribir. Y es que Cadou, a diferencia de Marboeuf, no se limitó a verse toda su breve vida (murió joven) como un mueble, sino que, al menos, pintó. Pintó muebles precisamente. Fue su manera de irse olvidando de que un día quiso escribir.

Todos sus cuadros tenían como protagonista absoluto un mueble, y todos llevaban el mismo enigmático y repetitivo título: «Autorretrato».

«Es que me siento un mueble, y los muebles, que yo sepa, no escriben», solía excusarse Cadou cuando alguien le recordaba que de muy joven quería ser escritor.

Sobre el caso de Cadou hay un interesante estudio de Georges Perec (*Retrato del autor visto como un mueble, siempre*, París, 1973), donde se hace sarcástico énfasis en lo sucedido en 1972 cuando el pobre Cadou murió tras larga y penosa enfermedad. Sus familiares, sin querer, le enterraron como si fuera un mueble, se deshicieron de él como quien se deshace de un mueble que ya estorba, y le enterraron en un nicho cercano al Marché aux Puces de París, ese mercado en el que pueden encontrarse tantos muebles viejos.

Sabiendo que iba a morir, el joven Cadou dejó escrito para su tumba un breve epitafio que pidió a su familia que fuera considerado como sus «obras completas». Una petición irónica. Ese epitafio reza así: «Intenté sin éxito ser más muebles, pero ni eso me fue concedido. Así que he sido toda mi vida un solo mueble, lo cual, después de todo, no es poco si pensamos que lo demás es silencio».

10) No ir a la oficina aún me hace vivir más aislado de lo que ya estaba. Pero no es ningún drama, todo lo contrario. Tengo ahora todo el tiempo del mundo, y eso me permite fatigar (que diría Borges) anaqueles, entrar y salir de los libros

de mi biblioteca, siempre en busca de nuevos casos de bartlebys que me permitan ir engrosando la lista de escritores del No que he ido confeccionando a través de tantos años de silencio literario.

Esta mañana, hojeando un diccionario de escritores españoles célebres, he ido a tropezar casualmente con un curioso caso de renuncia a la literatura, el del insigne Gregorio Martínez Sierra.

Este señor escritor, al que estudié en la escuela y que siempre me sonó a plúmbeo, nació en 1881 y murió en 1947, fundó revistas y editoriales y escribió poemas malísimos y novelas horrendas, y estaba ya al borde del suicidio (pues su fracaso no había podido ser más sonado) cuando de repente cobró fama como autor teatral de obras feministas, *El ama de casa* y *Canción de cuna* entre otras, por no hablar de *Sueño de una noche de agosto*, que le llevó a la cumbre de la gloria.

Recientes investigaciones indican que todas sus piezas teatrales fueron escritas por su esposa, doña María de la O Lejárraga, conocida como María Martínez Sierra.

11) No es ningún drama vivir tan aislado, pero de vez en cuando siento aún la necesidad de comunicarme con alguien. Pero, falto de amigos (que no sea Juan) y de otras relaciones, no puedo recurrir a nadie, y ni ganas que tengo de ello. Ahora bien, soy consciente de que para escribir este cuaderno de notas no me iría mal la colaboración de otras personas que pudieran ampliarme la información que poseo sobre bartlebys, sobre escritores del No. Y es que tal vez no me baste con la lista de bartlebys que poseo y con fatigar anaqueles. Esto es lo que me ha llevado esta mañana a la osadía de enviarle una carta a París a Robert Derain, al que no conozco de nada pero que es autor de *Eclipses littéraires*, una magnífica antología de relatos pertenecientes a autores cuyo denominador común es haber

escrito un solo libro en su vida y después haber renunciado a la literatura. Todos los autores de ese libro de eclipses son inventados, del mismo modo que los relatos atribuidos a esos bartlebys han sido escritos en realidad por el propio Derain.

Le he enviado una breve carta a Derain pidiéndole que sea tan amable de colaborar en la redacción de este cuaderno de notas a pie de página. Le he explicado que este libro va a significar mi vuelta a la escritura después de veinticinco años de eclipse literario. Le he mandado una lista de los bartlebys que tengo ya inventariados y le he pedido que me mande noticias de aquellos escritores del No que vea que me faltan.

A ver qué pasa.

12) No escribir nada porque aguardas a que te llegue la inspiración es un truco que siempre funciona, lo utilizó el mismísimo Stendhal, que dice en su autobiografía: «Si hacia 1795 hubiese comentado a alguien mi proyecto de escribir, cualquier hombre sensato me habría dicho que escribiera dos horas todos los días, con o sin inspiración. Estas palabras me hubiesen permitido aprovechar los diez años de mi vida que malgasté totalmente aguardando la *inspiración*».

Hay muchos trucos para decir que no. Si algún día se escribe la historia del arte de la negativa en general (no sólo el de la negativa a la escritura), habrá de tenerse en cuenta un delicioso libro que acaba de publicar Giovanni Albertocchi, *Disagi e malesseri di un mitente*, donde se estudian con suma gracia las argucias que en su epistolario inventaba Manzoni para decir que no.

Pensar en la argucia de Stendhal me ha recordado a una que para no escribir utilizaba, en su exilio mexicano, ese poeta extraño y turbador que fue Pedro Garfias, a quien Luis Buñuel, en sus memorias, describe como un hombre que podía pasar una gran infinidad de tiempo sin escribir ni una sola línea, porque buscaba un adjetivo. Cuando Buñuel le veía, le preguntaba:

—¿Encontraste ya ese adjetivo?

—No, sigo buscando —respondía Pedro Garfias, alejándose pensativo.

Otro truco, no menos ingenioso, es el que ideó Jules Renard, que en su *Diario* anota esto: «No serás nada. Por más que hagas, no serás nada. Comprendes a los mejores poetas, a los prosistas más profundos, pero aunque digan que comprender es igualar, serás tan comparable a ellos como un ínfimo enano puede compararse con gigantes (...) No serás nada. Llora, grita, agárrate la *cabeza* con las dos manos, espera, desespera, reanuda la tarea, empuja la roca. No serás nada».

Hay muchos trucos, pero también es cierto que ha habido algunos escritores que se negaron a idear cualquier justificación para su renuncia; son aquellos que, sin dejar huella alguna, desaparecieron físicamente y así no tuvieron que explicar nunca por qué no querían seguir escribiendo. Cuando digo «físicamente» no me refiero a que se dieran muerte por propia mano, sino simplemente a que se desvanecieron, se evaporaron sin dejar rastro. En la casilla de estos escritores destacan particularmente Crane y Cravan. Parecen una pareja artística, pero no lo fueron, ni se conocieron; sin embargo, ambos tienen un punto en común: los dos se esfumaron, en misteriosas circunstancias, en aguas de México.

Así como de Marcel Duchamp se decía que su mejor obra fue siempre su horario, de Crane y Cravan puede decirse que su mejor obra fue desaparecer, sin dejar huella alguna, en aguas de México.

Arthur Cravan decía que era sobrino de Oscar Wilde, y, salvo editar cinco números en París de una revista que se llamaba *Maintenant*, no hizo nada más. Aunque a eso se le llama la ley del mínimo esfuerzo, los cinco números de *Maintenant* le resultaron más que suficientes para pasar, con todos los honores, a la historia de la literatura.

En uno de esos números escribió que Apollinaire era judío. Este picó el anzuelo y envió una protesta a la revista desmintiéndolo. Entonces Cravan escribió una carta de disculpa, probablemente sabiendo ya que su siguiente movimiento iba a ser viajar a México y allí esfumarse, no dejar de él ni el rastro.

Cuando uno sabe que va a desaparecer, no es muy diplomático con los personajes que más detesta.

«Aunque no tema el sable de Apollinaire —escribió en el último número de *Maintenant*—, dado que mi amor propio es muy escaso, estoy dispuesto a hacer todas las rectificaciones del mundo y a declarar que, contrariamente a lo que hubiera podido dejar entrever en mi artículo, el señor Apollinaire no es judío, sino católico romano. Con el fin de evitar posibles malentendidos futuros, deseo añadir que dicho señor tiene una gran barriga, que su aspecto exterior se acerca más al de un rinoceronte que al de una jirafa (...). Deseo rectificar también una frase que podría dar lugar a equívocos. Cuando digo, hablando de Marie Laurencin, que es alguien que necesitaría que le levantaran las faldas y que le metieran una gran ..... en cierta parte, quiero en realidad decir que Marie Laurencin es alguien que necesitaría que le levantaran las faldas y le metieran una gran astronomía en su teatro de variedades.»

Escribió esto y dejó París. Viajó a México, donde una tarde subió a una canoa y dijo que volvía en unas horas y ya nadie lo volvió a ver nunca, nunca se encontró su cuerpo.

En cuanto a Hart Crane, hay que decir, en primer lugar, que nació en Ohio y era hijo de un rico industrial y quedó de niño muy afectado por la separación de sus padres, lo que le produjo una profunda herida emocional que le llevó a bordear siempre las cimas de la locura.

Creyó ver en la poesía la única salida posible a su drama, y durante un tiempo se empapó de lecturas poéticas, se llegó a decir que había leído toda la poesía del mundo. De ahí tal vez proceda la máxima exigencia que él se marcaba a la hora de abordar su propia obra poética. Le molestó mucho el pesimismo cultural que vio en *Tierra baldía* de T. S. Eliot y que, para él, llevaba a la lírica mundial a un callejón sin salida precisamente en el espacio, el de la poesía, en el que había vislumbrado el único punto de fuga posible de su dramática experiencia de hijo de padres separados.

Escribió *El puente*, poema épico con el que obtuvo elogios sin fin, pero que, dado su nivel de autoexigencia, no le satisficieron, pues pensaba que podía llegar en poesía a cimas mucho más altas. Fue entonces cuando decidió viajar a México con la idea de escribir un poema épico como *El puente* pero con superior carga de profundidad, ya que esta vez el tema elegido era Moctezuma. Pero la figura de este emperador (que muy pronto se le apareció como excesiva, descomunal, totalmente inalcanzable para él) acabó provocándole serios trastornos mentales que le impidieron escribir el poema y le llevaron a la convicción —la misma que, sin él saberlo, ya había tenido años antes Franz Kafka— de que lo único sobre lo que se podía escribir era algo muy deprimente; se dijo a sí mismo que sólo se podía escribir sobre la imposibilidad esencial de la escritura.

Una tarde, se embarcó en Veracruz en dirección a Nueva Orleans. Embarcarse significó para él renunciar a la poesía. Nunca llegó a Nueva Orleans, desapareció en pleno Golfo de México. El último en verle fue John Martin, un comerciante de Nebraska que estuvo hablando con él, en la cubierta del barco, acerca de temas triviales hasta que Crane nombró a Moctezuma y su rostro adoptó un alarmante aire de hombre humillado. Tratando de disimular su repentino sombrío aspecto, Crane cambió inmediatamente de tema y preguntó si era cierto que había dos Nueva Orleans.

—Que yo sepa —dijo Martin—, está la ciudad moderna y la que no lo es.

—Yo iré a la moderna para desde allí caminar al pasado —dijo Crane.

—¿Le gusta el pasado, señor Crane?

No contestó a la pregunta. Aún más sombrío que unos segundos antes, se alejó lentamente de allí. Martin pensó que, si volvía a encontrárselo por cubierta, volvería a preguntarle si le gustaba el pasado. Pero no volvió a verle, nadie volvió a ver a Crane, se perdió en las profundidades del Golfo. Cuando desembarcaron en Nueva Orleans, Crane ya no estaba, ya no estaba ni para el arte de la negativa.

13) Desde que empecé estas notas sin texto oigo como rumor de fondo algo que escribiera Jaime Gil de Biedma sobre el no escribir. Sin duda, sus palabras aportan mayor complejidad al laberíntico tema del No: «Quizá hubiera que decir algo más sobre eso, sobre el no escribir. Mucha gente me lo pregunta, yo me lo pregunto. Y preguntarme por qué no escribo, inevitablemente desemboca en otra inquisición mucho más azorante: ¿por qué escribí? Al fin y al cabo lo normal es leer. Mis respuestas favoritas son dos. Una, que mi poesía consistió —sin yo saberlo— en una tentativa de inventarme una identidad; inventada ya, y asumida, no me ocurre más aquello de apostarme entero en cada poema que me ponía a escribir, que era lo que me apasionaba. Otra, que todo fue una equivocación: yo creía que quería ser poeta, pero en el fondo quería ser poema. Y en parte, en mala parte, lo he conseguido; como cualquier poema medianamente bien hecho, ahora carezco de libertad interior, soy todo necesidad y sumisión interna a ese atormentado tirano, a ese Big Brother insomne,

omnisciente y ubicuo: Yo. Mitad Calibán, mitad Narciso, le temo sobre todo cuando le escucho interrogarme junto a un balcón abierto: "¿Qué hace un muchacho de 1950 como tú en un año indiferente como éste?" *All the rest is silence*».

14) Daría lo que fuera por poseer la biblioteca imposible de Alonso Quijano o la del capitán Nemo. Todos los libros de esas dos bibliotecas están en suspensión en la literatura universal, como lo están también los de la biblioteca de Alejandría, con esos 40.000 rollos que se perdieron en el incendio provocado por Julio César. Se cuenta que, en Alejandría, el sabio Ptolomeo llegó a concebir una carta a «todos los soberanos y gobernantes de la tierra» en la que pensaba pedir que «no dudasen en enviarle» las obras de cualquier género de autores, «poetas o prosistas, rétores o sofistas, médicos y adivinos, historiadores y todos los demás». Y, en fin, se sabe también que Ptolomeo ordenó que fuesen copiados todos los libros que se encontrasen en las naves que hacían escala en Alejandría, que los originales fuesen retenidos y a sus poseedores se les entregaran las copias. A este fondo le llamó después «el fondo de las naves».

Todo eso desapareció, el fuego parece el destino final de las bibliotecas. Pero aunque hayan desaparecido tantos libros, éstos no son la pura nada, sino al contrario, están todos en suspensión en la literatura universal, como lo están todos los libros de caballerías de Alonso Quijano o los misteriosos tratados filosóficos de la biblioteca submarina del capitán Nemo —los libros de don Quijote y de Nemo son «el fondo de la nave» de nuestra más íntima imaginación—, como lo están todos los libros que Blaise Cendrars quería reunir en un volumen que proyectó durante largo tiempo y que estuvo muy a punto de escribir: *Manuel de la bibliographie des livres jamais publiés ni même écrits.*

Biblioteca no menos fantasma, pero con la particularidad de que existe, de que puede ser visitada en cualquier momento, es la Biblioteca Brautigan, que se encuentra en Burlington, Estados Unidos. Esta biblioteca lleva su nombre en homenaje a Richard Brautigan, escritor *underground* norteamericano, autor de obras como *El aborto*, *Willard y sus trofeos de bolos* y *La pesca de truchas en América*.

La Biblioteca Brautigan reúne exclusivamente manuscritos que, habiendo sido rechazados por las editoriales a las que fueron presentados, nunca llegaron a publicarse. Esta biblioteca reúne sólo libros abortados. Quienes tengan manuscritos de esta clase y quieran enviarlos a la Biblioteca del No o Biblioteca Brautigan no tienen más que remitirlos a la población de Burlington, en Vermont, Estados Unidos. Sé de buena tinta —aunque allí estén sólo interesados en almacenar mala tinta— que ningún manuscrito es rechazado; todo lo contrario, allí son cuidados y exhibidos con el mayor placer y respeto.

15) Trabajé en París a mediados de los años setenta, y de esos días me llega intacto ahora el recuerdo de María Lima Mendes y del extraño síndrome de Bartleby que la tenía atenazada, paralizada, aterrada.

De María yo me enamoré como no lo he estado nunca de nadie, pero ella no estaba por la labor, me trataba simplemente como compañero de trabajo que era de ella. María Lima Mendes era hija de padre cubano y de madre portuguesa, una mezcla de la que estaba especialmente orgullosa.

—Entre el son y el fado —solía decir ella, sonriendo con un deje de tristeza.

Cuando entré a trabajar en Radio France Internationale y la conocí, María llevaba ya tres años viviendo en París, antes su vida se había repartido entre La Habana y Coimbra. María era encantadora, de una belleza mestiza extraordinaria, quería ser escritora.

—Literata —solía precisar con una gracia cubana tocada por la sombra del fado.

No es porque me hubiera enamorado por lo que lo digo: María Lima Mendes es de las personas más inteligentes que he conocido en mi vida. Y una de las más dotadas, sin duda alguna, para la escritura, concretamente para la invención de historias tenía una imaginación prodigiosa. Gracia cubana y tristeza portuguesa en estado puro. ¿Qué pudo ocurrir para que no se convirtiera en la literata que quería ser?

La tarde en que la conocí en los pasillos de Radio France, ella ya estaba seriamente *touché* por el síndrome de Bartleby, por la pulsión negativa que había ido sutilmente arrastrándola a una parálisis total frente a la escritura.

—El Mal —decía ella—, es el Mal.

El origen del Mal había que situarlo, según María, en la irrupción del *chosisme*, palabra rara para mí en aquellos días.

—¿El *chosisme*, María?

—*Oui* —decía ella, y asentía con la cabeza y contaba entonces cómo había llegado a París a comienzos de los setenta y cómo se había instalado en el Quartier Latin con la idea de que ese barrio iba a convertirla muy pronto en literata, pues no ignoraba que sucesivas generaciones de escritores latinoamericanos se habían instalado en ese barrio y allí felizmente habían encontrado las condiciones ideales para ser escritores. Y citaba María a Severo Sarduy, que decía que éstos no se exiliaban, desde principios de siglo, ni a Francia ni a París, sino al Quartier Latin y a dos o tres de sus cafés.

María Lima Mendes pasaba horas en el Flore o en el Deux Magots. Y yo muchas veces conseguía estar allí sentado con ella, que me trataba con gran delicadeza como amigo pero no me amaba, no me amaba nada aunque me quería algo, me quería porque le daba pena mi joroba. Muchas veces lograba pasar un rato agradable junto a ella. Y más de una vez la oí comentar que, cuando llegó a París, instalarse en aquel barrio había significado para ella, en un primer momento, entrar a formar parte de un clan, integrarse en un blasón, algo así como abrazar una orden secreta y aceptar la delegación de una continuidad, quedar marcada por esa heráldica de alcohol, de ausencia y de silencio que eran los máximos distintivos del literario barrio y de sus dos o tres cafés.

—¿Por qué dices que de ausencia y de silencio, María?

De ausencia y de silencio, me explicó un día ella, porque muchas veces le llegaba la nostalgia de Cuba, el rumor del Caribe, el olor dulzón de la guayaba, la sombra morada del jacarandá; el manchón rojizo, sombreando la siesta, de un flamboyán y, sobre todo, la voz de Celia Cruz, las voces familiares de la infancia y de la fiesta.

A pesar de la ausencia y del silencio, al principio París fue sólo para ella una gran fiesta. Integrarse en un blasón y abrazar la orden secreta se volvió dramático en el momento en que apareció en la vida de María el Mal que iba a impedirle ser literata.

En su primera etapa, el Mal se llamó concretamente *chosisme*.

—¿El *chosisme*, María?

Sí. La culpa no había sido de la bossanova sino del *chosisme*. Cuando llegó al barrio a comienzos de los setenta, estaba de moda en las novelas prescindir del argumento. Lo que se llevaba era el *chosisme*, es decir, describir con morosidad las cosas: la mesa, la silla, el cortaplumas, el tintero...

Todo eso, a la larga, acabó haciéndole mucho daño. Pero cuando llegó al barrio eso no podía ni sospecharlo. Nada más instalarse en la rue Bonaparte, había comenzado a poner manos a la obra, es decir, había empezado a frecuentar los dos o tres cafés del barrio y había empezado a escribir, sin más dilación, una ambiciosa novela en las mesas de esos cafés. Lo primero, pues, que había hecho era aceptar la delegación de una continuidad. «No puedes ser indigna de los de antes», se había dicho pensando en los otros escritores latinoamericanos que a la lejanía le habían dado, en las terrazas de esos cafés, consistencia, textura. «Ahora me toca a mí», se decía ella en sus animadas primeras visitas a aquellas terrazas, donde se había embarcado en la escritura de su primera novela, que llevaba un título francés, *Le cafard*, aunque iba a escribirla en español, por supuesto.

Empezó muy bien, siguiendo un plan preconcebido, la novela. En ella, una mujer de inconfundible aire melancólico estaba sentada en una silla plegable de las que había colocadas en hilera, junto a otras personas de edad avanzada, silenciosas, impasibles, contemplando el mar. A diferencia del cielo, el mar presentaba su acostumbrado tono gris oscuro. Pero estaba tranquilo, las olas hacían un ruido apaciguador, sedante, al romper suaves en la arena.

Se acercaban a tierra.

—Tengo el coche —decía el de la silla contigua.

—Ése es el Atlántico, ¿no? —preguntaba ella.

—Pues claro. ¿Qué se creía usted que era?

—Pensé que podía ser el Canal de Bristol.

—No, no. Mire. —El hombre sacaba un mapa—. Aquí está el Canal de Bristol y aquí estamos nosotros. Éste es el Atlántico.

—Es muy gris —observaba ella, y le pedía a un camarero un agua mineral bien fría.

Hasta aquí todo bien para María, pero, a partir del agua mineral, se le encalló dramáticamente la novela, pues le dio a ella de repente por practicar el *chosisme*, por rendir culto a la moda. Nada menos que treinta folios dedicó a la descripción minuciosa de la etiqueta de la botella de agua mineral.

Cuando concluyó la exhaustiva descripción de la etiqueta y regresó a las olas que rompían suaves sobre la arena, la novela estaba tan bloqueada como destrozada, no pudo continuarla, lo que le produjo tal desánimo que se refugió totalmente en el trabajo recién conseguido en Radio France. Si sólo se hubiera refugiado en eso..., pero es que le dio también por sumirse en el minucioso estudio de las novelas del *Nouveau Roman,* donde se daba precisamente la máxima apoteosis del *chosisme*, muy especialmente en Robbe-Grillet, que fue al que María más leyó y analizó.

Un día, ella decidió retomar *Le cafard*. «El barco no parecía progresar en ninguna dirección», así comenzó su nuevo intento de ser novelista, pero lo comenzó con un lastre del que era consciente: el de la obsesión robbe-grilletiana por anular el tiempo, o por detenerse más de lo necesario en lo trivial.

Aunque algo le decía que sería mejor apostar por la trama y contar una historia a la vieja usanza, algo también al mismo tiempo la frenaba con dureza al decirle que sería vista como una palurda novelista reaccionaria. Que la acusaran de eso la horrorizaba, y finalmente decidió continuar *Le cafard* en el más puro estilo robbe-grilletiano: «El muelle, que parecía más alejado por efecto de la perspectiva, emitía a uno y otro lado de una línea principal un haz de paralelas que delimitaban, con una precisión que la luz de la mañana aún acentuaba más, una serie de planos alargados, alternativamente horizontales y verticales: el antepecho del parapeto macizo...».

No tardó mucho, escribiendo así, en quedar de nuevo totalmente paralizada. Volvió a refugiarse en el trabajo, por esos días me conoció a mí, escritor también paralizado aunque por motivos distintos de los suyos.

A María Lima Mendes el golpe de gracia se lo dio la revista *Tel Quel.*

Vio en los textos de esa revista su salvación, la posibilidad de volver a escribir y, además, hacerlo de la única manera posible, de la única manera correcta, «tratando —me dijo un día ella— de llevar a cabo el desmontaje impío de la ficción».

Pero muy pronto chocó con un grave problema para escribir ese tipo de textos. Por mucho que se armaba de paciencia a la hora de analizar la construcción de los escritos de Sollers, Barthes, Kristeva, Pleynet y compañía, no acertaba a entender bien del todo lo que esos textos proponían. Y lo que era peor: cuando de vez en cuando entendía lo que querían decir esos escritos, quedaba más paralizada que nunca a la hora de empezar a escribir, porque, a fin de cuentas, lo que allí se decía era que no había nada más que escribir y que no había ni siquiera por dónde empezar a decir eso, a decir que era imposible escribir.

—¿Por dónde empezar? —me preguntó un día María, sentada en la terraza literaria del Flore.

Entre aterrado y perplejo, no supe qué decirle para animarla.

—Sólo queda terminar —se contestó ella a sí misma en voz alta—, acabar para siempre con toda idea de creatividad y de autoría de los textos.

La puntilla se la dio un texto de Barthes, precisamente *¿Por dónde empezar?*

Ese texto la desquició, le causó un mal irreparable, definitivo.

Un día me lo pasó, y todavía lo conservo.

«Existe —decía Barthes entre otras lindezas— un malestar operativo, una dificultad simple, y que es la que corresponde a todo principio: *¿por dónde empezar?* Bajo su apariencia práctica y de encanto gestual, podríamos decir que esa dificultad es la misma que ha fundado la lingüística moderna: sofocado al principio por lo heteróclito del lenguaje humano,

Saussure, para poner fin a esa opresión que, en definitiva, es la del *comienzo imposible*, decidió escoger un hilo, una pertinencia (la del sentido) y devanar este hilo: así se construyó un sistema de la lengua.»

Incapaz de escoger este hilo, María, que era incapaz de comprender, entre otras cosas, qué significaba exactamente lo de «sofocado al principio por lo heteróclito del lenguaje» y, además, era incapaz, cada vez más, de saber *por dónde empezar*, terminó enmudeciendo para siempre como escritora y leyendo *Tel Quel* desesperadamente, sin entenderlo. Una verdadera tragedia, porque una mujer tan inteligente como ella no merecía esto.

Dejé de ver a María Lima Mendes en el 77, cuando regresé a Barcelona. Sólo hace unos pocos años, volví a tener noticias de ella. El corazón me dio un vuelco, probándome que aún seguía bastante enamorado de ella. Un compañero de trabajo de aquellos años de París la había localizado en Montevideo, donde María trabajaba para France Presse. Me dio su teléfono. Y yo la llamé y casi lo primero que le pregunté era si había vencido al Mal y había podido finalmente dedicarse a escribir.

—No, querido —me dijo—. Lo del *comienzo imposible* me llegó al alma, qué le vamos a hacer.

Le pregunté si no se había enterado de que en el 84 se había publicado un libro, *El espejo que vuelve*, que atribuía los orígenes del *Nouveau Roman* a una impostura. Le expliqué que esta desmitificación había sido escrita por Robbe-Grillet y secundada por Roland Barthes. Y le conté que los devotos del *Nouveau Roman* habían preferido mirar hacia otro lado, puesto que el autor del *exposé* era el mismísimo Robbe-Grillet. Éste describía en el libro la facilidad con la que él y Barthes desacreditaron las nociones de autor, narrativa y realidad, y se refería a toda aquella maniobra como «las actividades terroristas de aquellos años».

—No —dijo María, con la misma alegría de antaño y también con su deje de tristeza—. No me había enterado. Quizás debería ahora inscribirme en alguna asociación de víctimas del terrorismo. Pero, en cualquier caso, eso no cambia ya nada. Además, está muy bien que fueran unos estafadores, dice mucho en su favor, porque a mí me encanta el fraude en el arte. Y ¿para qué engañarnos, Marcelo? Aunque quisiera, ya no podría escribir.

Tal vez porque andaba yo planeando este cuaderno sobre los escritores del No, la última vez que hablé con ella, hará de eso un año, volví a insistir —«ahora que han desaparecido las consignas técnicas e ideológicas del objetivismo y otras zarandajas», le dije con cierto sarcasmo—, volví a preguntarle si no había pensado en escribir por fin *Le cafard* o cualquier otra novela que reivindicara la pasión por la trama.

—No, querido —dijo—. Sigo pensando lo de siempre, sigo preguntándome por dónde empezar, sigo paralizada.

—Pero, María...

—Nada de María. Ahora me hago llamar Violet Desvarié. No escribiré novela alguna, pero al menos tengo nombre de novelista.

16) Es como si últimamente les hubiera dado a los escritores del No por ir directamente a mi encuentro. Estaba tan tranquilo esta noche viendo un poco de televisión cuando en BTV me he encontrado con un reportaje sobre un poeta llamado Ferrer Lerín, un hombre de unos cincuenta y cinco años que de muy joven vivió en Barcelona, donde era amigo de los entonces incipientes poetas Pere Gimferrer y Félix de Azúa. Escribió en esa época unos poemas muy osados y rebeldes —según atestiguaban en el reportaje Azúa y Gimferrer—, pero a finales de los sesenta lo dejó todo y se fue a vivir a Jaca, en Huesca, un pueblo muy provinciano y con el inconvenien-

te de que es casi una plaza militar. Al parecer, de no haberse ido tan pronto de Barcelona, habría sido incluido en la antología de los Nueve Novísimos de Castellet. Pero se fue a Jaca, donde vive desde hace treinta años dedicado al minucioso estudio de los buitres. Es, pues, un buitrólogo. Me ha recordado al autor austriaco Franz Blei, que se dedicó a catalogar en un bestiario a sus contemporáneos literatos. Ferrer Lerín es un experto en aves, estudia a los buitres, tal vez también a los poetas de ahora, buitres la mayoría de ellos. Ferrer Lerín estudia a las aves que se alimentan de carne —de poesía— muerta. Su destino me parece, como mínimo, tan fascinante como el de Rimbaud.

17) Hoy es 17 de julio, son las dos de la tarde, escucho música de Chet Baker, mi intérprete preferido. Hace un rato, mientras me afeitaba, me he mirado al espejo y no me he reconocido. La radical soledad de estos últimos días me está convirtiendo en un ser distinto. De todos modos, vivo a gusto mi anomalía, mi desviación, mi monstruosidad de individuo aislado. Encuentro cierto placer en ser arisco, en estafar a la vida, en jugar a adoptar posturas de radical héroe negativo de la literatura (es decir, en jugar a ser como los protagonistas de estas notas sin texto), en observar la vida y ver que, la pobre, está falta de vida propia.

Me he mirado al espejo y no me he reconocido. Luego, me ha dado por pensar en aquello que decía Baudelaire de que el verdadero héroe es el que se divierte solo. Me he vuelto a mirar al espejo y he detectado en mí un cierto parecido a Watt, aquel solitario personaje de Samuel Beckett. Al igual que a Watt, a mí podría describírseme de la siguiente forma: Se detiene un autobús frente a tres repugnantes ancianos que lo observan sentados en un banco público. Arranca el autobús. «Mira (dice uno de ellos), se han dejado un montón de trapos.» «No (dice el segundo), eso es un cubo de basura caído.» «En absoluto (dice el tercero), se trata de un paquete de periódicos viejos que alguien ha tirado ahí.» En ese momento el montón de escombros avanza hasta ellos y les pide sitio en el banco con enorme grosería. Es Watt.

No sé si está bien que escriba convertido en un montón de escombros. No sé. Soy todo dudas. Tal vez debería clausurar mi excesivo aislamiento. Hablar al menos con Juan, llamarle a su casa y pedirle que vuelva a repetirme eso de que después de Musil no hay nada. Soy todo dudas. De lo único de lo que de repente ahora estoy seguro es de que debo cambiarme el nombre y pasar a llamarme CasiWatt. Ay, no sé si tiene mucha importancia que diga esto u otra cosa. Decir es inventar. Sea falso o cierto. No inventamos nada, creemos inventar cuando en realidad nos limitamos a balbucear la lección, los restos de unos deberes escolares aprendidos y olvidados, la vida sin lágrimas, tal como la lloramos. Y a la mierda.

Soy sólo una voz escrita, sin apenas vida privada ni pública, soy una voz que arroja palabras que de fragmento en fragmento van enunciando la larga historia de la sombra de Bartleby sobre las literaturas contemporáneas. Soy CasiWatt, soy mero flujo discursivo. No he despertado nunca pasiones, menos voy a despertarlas ahora que ya soy sólo una voz. Soy CasiWatt. Yo les dejo decir, a mis palabras, que no son mías, yo, esa palabra, esa palabra que ellas dicen, pero que dicen en vano. Soy CasiWatt y en mi vida sólo ha habido tres cosas: la imposibilidad de escribir, la posibilidad de hacerlo, y la soledad, física desde luego, que es con la que ahora salgo adelante. Oigo de pronto que alguien me dice:

—CasiWatt, ¿me oyes?

—¿Quién anda ahí?

—¿Por qué no te olvidas de tu ruina y hablas del caso de Joseph Joubert, por ejemplo?

Miro y no hay nadie y le digo al fantasma que me pongo a sus órdenes, se lo digo y luego me río y acabo divirtiéndome a solas, como los verdaderos héroes.

18) Joseph Joubert nació en Montignac en 1754 y murió setenta años después. Nunca escribió un libro. Sólo se preparó a escribir uno, buscando decididamente las condiciones justas que le permitieran escribirlo. Luego olvidó también ese propósito.

Joubert encontró precisamente en esa búsqueda de las condiciones justas que le permitieran escribir un libro un lugar encantador para extraviarse y acabar no escribiendo ningún libro. Casi echó raíces en su búsqueda. Y es que precisamente, como dice Blanchot, lo que buscaba, esa fuente de la escritura, ese espacio donde poder escribir, esa luz que debiera circunscribirse en el espacio, exigió de él y afirmó en él disposiciones que lo hicieron inepto para cualquier trabajo literario ordinario o lo desviaron del mismo.

En esto fue Joubert uno de los primeros escritores totalmente modernos, prefiriendo el centro antes que la esfera, sacrificando los resultados para descubrir las condiciones de éstos y no escribiendo para añadir un libro a otro, sino para apoderarse del punto de donde le parecía que salían todos los libros, y que, una vez alcanzado, le eximiría de escribirlos.

Con todo, no deja de ser curioso que Joubert no escribiera ningún libro, porque él fue, ya desde muy temprano, un hombre al que sólo le atraía y le interesaba lo que se escribía. Desde muy joven le había interesado mucho el mundo de los libros que iban a escribirse. En su juventud estuvo muy cerca de Diderot; algo más tarde, de Restif de la Bretonne, ambos literatos abundantes. En la madurez, casi todos sus amigos eran escritores famosos con quienes vivía inmerso en el mundo de las letras y quienes, conociendo su inmenso talento literario, le incitaban a salir de su silencio.

Se cuenta que Chateaubriand, que tenía gran ascendencia sobre Joubert, se le acercó un día y, medio parafraseando a Shakespeare, le dijo:

—Ruega a ese escritor prolífico que se esconde en ti que se deje de tantos prejuicios. ¿Lo harás?

Para entonces, Joubert ya se había extraviado en la busca de la fuente de la que salían todos los libros y ya tenía claro que, de encontrar esa fuente, eso le iba a eximir precisamente de escribir un libro.

—Todavía no puedo hacerlo —le contestó a Chateaubriand—, todavía no he hallado la fuente que busco. Pero es que si encuentro esa fuente, todavía tendré más motivos para no escribir ese libro que te gustaría que escribiera.

Mientras buscaba y se divertía extraviándose, llevaba a cabo un diario secreto, de carácter totalmente íntimo, sin intención alguna de publicarlo. Los amigos se portaron mal con él y, a su muerte, se tomaron la libertad de dudoso gusto de publicar ese diario.

Se ha dicho que Joubert no escribió ese libro tan esperado porque el diario ya le parecía suficiente. Pero tal afirmación me parece un disparate. No creo que a Joubert le engañara su diario haciéndole creer que nadaba en la abundancia. Las páginas de su diario le servían simplemente para expresar las múltiples vicisitudes por las que pasaba su heroica búsqueda de la fuente de la escritura.

Hay momentos impagables en su diario, como cuando, teniendo ya cuarenta y cinco años, escribe: «Pero ¿cuál es efectivamente mi arte? ¿Qué fin persigue? ¿Qué pretendo y deseo ejerciéndolo? ¿Será escribir y comprobar que me leen? ¡Única ambición de tantos! ¿Es eso lo que quiero? Esto es lo que debo indagar sigilosa y largamente hasta saberlo».

En su sigilosa y larga búsqueda actuó siempre con una admirable lucidez, y en ningún momento ignoró que, aun siendo autor sin libro y escritor sin escritos, se mantenía en la geografía del arte: «Aquí estoy, fuera de las cosas civiles y en la pura región del arte».

Más de una vez se contempló a sí mismo ocupado en una tarea más fundamental y que interesaba más esencialmente al arte que una obra: «Uno debe parecerse al arte sin parecerse a ninguna obra».

¿Cuál era esa tarea esencial? A Joubert no le habría gustado que alguien dijera que sabía en qué consistía esa tarea esencial. Y es que, en realidad, Joubert sabía que estaba buscando lo que ignoraba y que de ahí venían la dificultad de su búsqueda y la felicidad de sus descubrimientos de pensador extraviado. Escribió Joubert en su diario: «Pero ¿cómo buscar allí donde se debe, cuando se ignora hasta lo que se busca? Y esto ocurre siempre cuando se compone y se crea. Afortunadamente, extraviándose así, se hace más de un descubrimiento, se hacen encuentros felices».

Joubert conoció la felicidad del arte del extravío, del que fue posiblemente el fundador.

Cuando Joubert dice que no sabe muy bien en qué consiste lo esencial de su rara tarea de extraviado, me trae el recuerdo de lo que le ocurrió un día a György Lukács cuando, rodeado de sus discípulos, el filósofo húngaro escuchaba un elogio tras otro acerca de su obra. Abrumado, Lukács comentó: «Sí, sí, pero ahora caigo en que lo esencial no lo he entendido». «¿Y qué es lo esencial?», le preguntaron, sorprendidos. A lo que él respondió: «El problema es que no lo sé».

Joubert —que se preguntaba cómo buscar allí donde se debe, cuando se ignora hasta lo que se busca— va reflejando en su diario las dificultades que tenía para encontrar una morada o espacio adecuado para sus ideas: «¡Mis ideas! Me cuesta construir la casa donde alojarlas».

Este espacio adecuado tal vez lo imaginaba como una catedral que ocuparía el firmamento entero. Un libro imposible. Joubert prefigura los ideales de Mallarmé: «Sería tentador —escribe Blanchot—, y a la vez glorioso para Joubert, imaginar en él una primera edición no transcrita de ese *Coup de dés* del que Valéry dijo que *elevó al fin una página a la potencia del cielo estrellado*».

Entre los sueños de Joubert y la obra realizada un siglo después, existe el presentimiento de exigencias emparentadas: en Joubert, como en Mallarmé, el deseo de sustituir la lectura ordinaria, donde es necesario ir de una parte a la otra, por el espectáculo de una palabra simultánea, en la que todo estaría dicho a la vez sin confusión, en un resplandor —por decirlo con palabras de Joubert— «total, apacible, íntimo y por fin uniforme».

Así pues, Joseph Joubert se pasó la vida buscando un libro que nunca escribió, aunque, si lo miramos bien, lo escribió como sin saberlo, *pensando* en escribirlo.

19) Me he despertado muy pronto y, mientras me preparaba el desayuno, he estado pensando en toda la gente que no escribe y de repente me he dado cuenta de que en realidad más del 99 por ciento de la humanidad prefiere, al más puro estilo Bartleby, no hacerlo, prefiere no escribir.

Debe de haber sido esa aplastante cifra la que me ha puesto nervioso. He comenzado a hacer gestos como los que a veces hacía Kafka: palmearse, frotar las manos entre sí, encoger la cabeza entre los hombros, tumbarse en el suelo, saltar, disponerse a lanzar o a recibir algo...

Al pensar en Kafka me he acordado de aquel Artista del Hambre de un relato suyo. Ese artista se negaba a ingerir alimentos porque para él era forzoso ayunar, no podía evitarlo. He pensado en ese momento en que el inspector le pregunta por qué no puede evitarlo, y el Artista del Hambre, levantando la cabeza y hablando en la misma oreja del inspector para que no se pierdan sus palabras, le dice a éste que ayunar siempre le resultó inevitable porque nunca pudo encontrar comida que le gustara.

Y me ha venido a la memoria otro artista del No, también salido de un relato de Kafka. He pensado en el Artista del Trapecio, que era aquel que rehuía tocar el suelo con los pies y se pasaba día y noche en el trapecio sin bajar, vivía en las alturas las veinticuatro horas del mismo modo que Bartleby no se iba nunca de la oficina, ni siquiera los domingos.

Cuando he dejado de pensar en estos claros ejemplares de artistas del No, he visto que seguía algo nervioso, agitado. Me he dicho que tal vez me convenía airearme un poco, no contentarme con saludar a la portera, hablar del tiempo con el quiosquero o contestar con un lacónico «no» en el supermercado cuando la cajera me pregunta si tengo carnet de cliente.

Se me ha ocurrido, venciendo como pudiera mi timidez, realizar una pequeña encuesta entre la gente corriente, averiguar por qué motivos no escriben, tratar de saber cuál es el tío Celerino de cada uno de ellos.

Hacia las doce de la mañana me he plantado en el quiosco-librería de la esquina. Una señora estaba mirando la contraportada de un libro de Rosa Montero. Me he acercado a ella y, tras un breve preámbulo con el que he buscado ganarme su confianza, le he preguntado casi a bocajarro:

—¿Y usted por qué no escribe?

Las mujeres, a veces, son de una lógica aplastante. Me ha mirado extrañada por la pregunta y me ha sonreído, me ha dicho:

—Me hace usted gracia. Y a ver, dígame, ¿por qué tendría yo que escribir?

El librero ha escuchado la conversación y, cuando la mujer se ha ido, me ha dicho:

—¿Tan pronto y queriendo ya ligar?

Me ha molestado su mirada de macho cómplice. He decidido convertirle también a él en carne de encuesta, le he preguntado por qué no escribía.

—Prefiero vender libros —me ha contestado.

—Menos esfuerzo, ¿no es eso? —le he dicho medio indignado.

—A mí, si quiere que le diga la verdad, me gustaría escribir en chino. Me encanta sumar, ganar dinero.

Ha logrado desconcertarme.

—¿Qué quiere decir? —le he preguntado.

—Pues nada. Que de haber nacido en China no me habría importado escribir. Los chinos son muy listos, escriben letras de arriba abajo como si después fuesen a sumar lo escrito.

Ha logrado irritarme. Además, su mujer, que estaba al lado, ha reído el chiste del marido. Les he comprado un periódico menos de los que les compro y le he preguntado a ella por qué no escribía.

Se ha quedado pensativa, y por un momento he tenido la esperanza de que su respuesta fuera más orientativa que las que hasta entonces había obtenido. Finalmente me ha dicho:

—Porque no sé.

—¿Qué es lo que no sabe?

—Escribir.

En vista del éxito, he dejado la encuesta para otro día. Al regresar a casa, he encontrado en un periódico unas sorprendentes declaraciones de Bernardo Atxaga, donde el escritor vasco dice que está sin ganas de escribir: «Después de veinticinco años de carretera, como dicen los cantantes, las ganas de escribir son cada vez más difíciles de encontrar».

Atxaga, pues, tiene los primeros síntomas del mal de Bartleby. «Hace poco —comenta—, un amigo me decía que hoy en día para ser escritor hace falta más fuerza física que imaginación.» Son, a su modo de ver, demasiadas entrevistas, congresos, conferencias y presentaciones ante la prensa. Se plantea hasta qué punto tiene que estar el escritor en la sociedad y en los medios de comunicación. «Antes —dice— era inocuo, pero ahora es fundamental. Percibo una atmósfera de cambio en el ambiente. Veo que desaparece un tipo de autores, como Leopoldo María Panero, que antes se podían situar en una especie de Salón de los Independientes. Ha cambiado, también, la forma de dar publicidad a la literatura. Y la de los premios literarios, que son una burla y un engaño.»

A la vista de todo esto, Atxaga se plantea escribir un libro más y retirarse. Un final que al escritor no le parece nada dramático. «No tiene por qué ser triste, es sólo una reacción ante el cambio.» Y acaba diciendo que volverá a llamarse Joseba Irazu, que era su nombre cuando decidió darse a conocer con el pseudónimo de Bernardo Atxaga.

Me ha encantado el gesto rebelde que contiene su anuncio de retirada. He recordado a Albert Camus: «¿Qué es un hombre rebelde? Un hombre que dice no».

Luego he dado vueltas a lo del cambio de nombre y me he acordado de Canetti, que decía que el miedo inventa nombres para distraerse. Claudio Magris, comentando esa frase, dice que eso explicaría que nosotros, cuando viajamos, leamos y anotemos nombres en las estaciones que dejamos atrás, simplemente con la intención de avanzar un poco aliviados, satisfechos por este orden y ritmo de la nada.

Enderby, un personaje de Anthony Burgess, viaja anotando nombres de estaciones y acaba, de todos modos, en un sanatorio mental, donde le curan cambiándole el nombre, porque, como dice el psiquiatra, «Enderby era el nombre de una adolescencia prolongada».

También yo invento nombres para distraerme. Desde que me llamo CasiWatt vivo más tranquilo. Aunque siga nervioso.

20) Me he inventado que me escribía Derain. En vista de que el autor de *Eclipses littéraires* no se digna contestar a mi carta, he decidido escribirme una a mí mismo firmando Derain.

Querido amigo: Sospecho que usted anda buscando que yo bendiga que se haya apropiado de mi idea de escribir sobre gente que renuncia a la escritura. ¿Verdad que no ando desencaminado? Pues bien, no se preocupe. Si usted persigue que yo no proteste por el evidente plagio de mi idea, sepa que, cuando publique su libro, actuaré como si usted hubiera hábilmente comprado mi silencio. Y es que me ha caído simpático, tanto que hasta voy a regalarle un bartleby que le falta.

Incluya a Marcel Duchamp en su libro.

Al igual que usted, Duchamp tampoco tenía muchas ideas. Un día, en París, el artista Naum Gabo le preguntó directamente por qué había dejado de pintar: «*Mais que voulez vous?* —respondió Duchamp abriendo los brazos—, *je n'ai plus d'idées*» (¿Qué quiere?, ya no tengo ideas).

Con el tiempo iba a dar otras explicaciones más sofisticadas, pero probablemente ésta era la que más se ajustaba a la verdad. Después del *Gran vidrio*, Duchamp se había quedado sin ideas, así que en lugar de repetirse dejó de crear, sin más.

La vida de Duchamp fue su mejor obra de arte. Dejó muy pronto la pintura e inició una atrevida aventura en la que el arte se concebía, ante todo, como una *cosa mentale*, en el espíritu de Leonardo da Vinci. Quiso siempre colocar el arte al servicio de la mente y fue precisamente ese deseo —animado por su particular uso del lenguaje, el azar, la óptica, las películas y, por encima de todo, por sus célebres *ready-mades*— lo que socavó sigilosamente quinientos años de arte occidental hasta transformarlo por completo.

Duchamp dejó la pintura más de cincuenta años porque prefería jugar al ajedrez. ¿No es maravilloso?

Le imagino enterado perfectamente de quién fue Duchamp, pero permítame ahora que le recuerde sus actividades como escritor, permítame que le cuente que Duchamp ayudó a Katherine Dreier a formar su personal museo de arte moderno, la Société Anonyme, Inc., le aconsejaba las obras de arte que debía coleccionar. Y cuando en los años cuarenta se hicieron planes para donar la colección a la Universidad de Yale, Duchamp escribió 33 noticias críticas y biográficas de una página sobre artistas, desde Archipenko a Jacques Villon.

Roger Shattuck ha escrito que si Marcel Duchamp hubiera decidido incluir una noticia sobre sí mismo, como uno de los artistas de Dreier (algo que podría haber hecho perfectamente), habría casi seguro mezclado astutamente verdad y fabulación, como en las otras que hizo. Roger Shattuck sugiere que tal vez habría escrito algo de este estilo:

Jugador de torneos de ajedrez y artista intermitente, Marcel Duchamp nació en Francia en 1887 y murió siendo ciudadano de los Estados Unidos en 1968. Se sentía en casa en ambos mundos y dividía su tiempo entre ellos. En el Armory Show de Nueva York, en 1913, su *Desnudo bajando una escalera* divirtió y ofendió a la prensa, provocando un escándalo que le hizo famoso *in absentia* a la edad de veintiséis años y le atrajo a los Estados Unidos en 1915. Tras cuatro años de existencia en Nueva York, abandonó aquella ciudad y dedicó la mayoría de su tiempo al ajedrez hasta 1954. Algunos jóvenes artistas y conservadores de museos de varios países redescubrieron entonces a Duchamp y su obra. Él había regresado a Nueva York en 1942, y durante su última década allí, entre 1958 y 1968, volvió a ser famoso e influyente.

Incluya a Marcel Duchamp en su libro sobre la sombra de Bartleby. Duchamp conocía personalmente a esa sombra, llegó a fabricarla manualmente. En un libro de entrevistas, Pierre Cabanne le pregunta en un momento determinado si se dedicaba a alguna actividad artística en esos veinte veranos que pasó en Cadaqués. Duchamp le contesta que sí, pues cada año reconstruía un toldo que le servía para estar a la sombra en su terraza. A Duchamp siempre le gustó estar a la sombra. Le admiro mucho y, además, es un hombre que trae suerte, inclúyalo en su tratado sobre el No. Lo que más admiro de él es que fue un gran embaucador.

Suyo,

DERAIN

21) Hemos aprendido a respetar a los embaucadores. En su nota para un prefacio no escrito para *Las flores del mal*, Baudelaire aconsejaba al artista que no revelara sus secretos más íntimos, y así revelaba el suyo propio: «¿Acaso mostramos a un público a veces aturdido, otras indiferente, el funcionamiento de nuestros artificios? ¿Explicamos todas esas revisiones y variaciones improvisadas, hasta el modo en que nuestros impulsos más sinceros se mezclan con trucos y con el charlatanismo indispensable para la amalgama de la obra?».

En este pasaje, el charlatanismo se convierte casi en sinónimo de «imaginación». La mejor novela que se ha escrito sobre charlatanismo y que retrata a un estafador —*El estafador y sus máscaras (The Confidence Man*, 1857)— es obra de Herman Melville, el gran pulmón, desde que creara a Bartleby, del intrincado laberinto del No.

Melville, en *The Confidence Man*, transmite una clara admiración hacia el ser humano que puede metamorfosearse en múltiples identidades. El extranjero en el barco fluvial de Melville ejecuta una broma maravillosamente duchampiana sobre sí mismo (Duchamp era bromista y amante de la pura fantasía verbal, entre otras cosas porque no creía precisamente demasiado en las palabras, adoraba por encima de todo a Jarry, el fundador de la Patafísica, y al gran Raymond Roussel), una broma que gasta a los pasajeros y al lector al pegar «un cartel junto al despacho del capitán ofreciendo una recompensa por la captura de un misterioso impostor, supuestamente recién llegado del Este; un genio original en su vocación, se diría, si bien no estaba claro en qué consistía su originalidad».

Nadie atrapa al extraño impostor de Melville como nadie consiguió atrapar nunca a Duchamp, el hombre que no confiaba en las palabras: «Las palabras no tienen absolutamente ninguna posibilidad de expresar nada. En cuanto empezamos a verter nuestros pensamientos en palabras y frases todo se va al garete». Nadie atrapó nunca al embaucador de Duchamp, cuya fría hazaña reside, más allá de sus obras de arte y de no-arte, en haber ganado la apuesta de que podía embaucar al mundo del arte para que le honrara sobre la base de credenciales falsas. Eso tiene un gran mérito. Duchamp decidió hacer una apuesta consigo mismo sobre la cultura artística e intelectual a la cual pertenecía. Apostó este gran artista del No a que podía ganar la partida sin hacer prácticamente nada, con sólo quedarse sentado. Y ganó la apuesta. Se rió de todos esos estafadores inferiores a los que tan acostumbrados estamos últimamente, de todos esos pequeños estafadores que buscan su recompensa no en la risa y el juego del No sino en el dinero, el sexo, el poder o la fama convencional.

Con esa risa subió Duchamp a escena al final de su vida para recibir los aplausos de un público que admiraba su gran capacidad para, con la ley del mínimo esfuerzo, embaucar al mundo del arte. Subió a escena y el hombre del *Desnudo bajando una escalera* no tuvo que mirar los escalones. Por un largo y cuidadoso cálculo, el gran estafador sabía exactamente dónde estaban esos escalones. Lo había planeado todo como el gran genio del No que fue.

22) Pensemos en dos escritores que viven en el mismo país pero apenas se conocen entre ellos. El primero tiene el síndrome de Bartleby y ha renunciado a seguir publicando, lleva veintitrés años ya sin hacerlo. El segundo, sin que exista una explicación razonable, vive como una constante pesadilla el hecho de que el otro no publique.

Es el caso de Manuel Torga y su extraña relación con el síndrome de Bartleby del poeta Edmundo de Bettencourt, escritor nacido en Funchal, en la isla de Madeira, en 1899 —el próximo 7 de agosto habría cumplido cien años—, estudiante de Derecho en Coimbra, ciudad en la que alcanzó gran renombre como cantante de fados, lo que sin duda oscureció el prestigio que fue labrándose cuando, al dejar atrás una etapa de vagancia y bohemia, comenzó a publicar singulares libros de poemas. Durante un tiempo no se cansó de dar a las imprentas sus innovadores y trágicos versos. En 1940 apareció su mejor libro, *Poemas zurdos*, que contenía piezas de alta poesía como *Nocturno fundo*, *Noite vazia* o *Sepultura aérea*. Fue la lamentable recepción de este libro la que llevó a Bettencourt a una larga etapa de silencio que se prolongó veintitrés años.

En 1960, la revista *Pirámide* de Lisboa intentó rescatar al poeta de su silencio y se tomó la libertad de dedicarle la casi totalidad de la revista comentando sus poemas de antaño. Bettencourt permaneció callado. Bartlebyano al máximo, no quiso ni escribir unas pocas líneas para ese número de la revista dedicado a él. *Pirámide* explicó así la resolución del poeta de seguir callado: «Debe aclararse que el silencio de Bettencourt no es ni una capitulación ni una disidencia con la poesía actual portuguesa, sino una peculiar forma de revuelta que él defiende cariñosamente».

1960 eran malos tiempos para la lírica portuguesa en la que campaba a sus anchas —tal como sucedía también en España a causa de la dictadura— una estética poética de corte realista-socialista. En 1963 las cosas no habían cambiado, pero Bettencourt aceptó que se volvieran a publicar en un libro sus poemas de los años treinta, sus poesías de antaño, los versos maltratados. A pesar del combativo prólogo de un joven Helberto Helder, o tal vez a causa del mismo, volvieron a ser maltratados los poemas. Ajeno a todo esto, pero saliendo de un largo túnel, Manuel Torga, desde Oporto, le escribe a Bettencourt una entrañable carta en la que le revela esto: «No hay poemas nuevos, pero están los antiguos, lo que ya por sí solo me ha llenado de alegría. Que usted no publicara, señor Bettencourt, había llegado a convertirse, para mí, en una pesadilla».

A pesar de la carta, Bettencourt murió diez años después sin haber publicado nada más. «Edmundo de Bettencourt —escribió alguien en el periódico *República*— falleció ayer en voz baja. Desde hacía treinta y tres años, el poeta había elegido vivir sin canto alguno, como si hubiera ajustado a su vida una sordina.»

¿Se acabó con la muerte, con el silencio definitivo del poeta de Madeira, la pesadilla de Torga?

23) Estaba entre bostezos mirando distraídamente un suplemento literario en catalán cuando he tropezado de repente con un artículo de Jordi Llovet que parece escrito con voluntad de ser incluido en este cuaderno.

En su artículo, una reseña literaria, Jordi Llovet viene a decir que, a causa de su absoluta falta de imaginación, renunció hace ya tiempo a ser un creador literario. No es normal que en una reseña el crítico se dedique a confesarnos que padece el síndrome de Bartleby. No, no me parece nada normal. Y por si esto fuera poco, el artículo comenta un libro del ensayista inglés William Hazlitt (1778-1830), que, a juzgar por el título de uno de sus textos —*Basta ya de escribir ensayos*—, debió de ser también, como Jordi Llovet, un fanático del No.

«William Hazlitt —dice Llovet— me salvó literalmente la vida. Tuve que viajar hace unos años de Nueva York a Washington en la conocida y casi siempre eficaz compañía de ferrocarriles Armtrak, y me quedé esperando la salida del tren leyendo, en el vestíbulo de la estación, un volumen de ensayos de este buen hombre (...). Me fascinó tanto el capítulo *Basta ya de escribir ensayos* que perdí el tren. Ese tren descarriló con muchos muertos a la altura de Baltimore. En fin. ¿Por qué leía yo con tanta atención este capítulo? Tal vez ya entonces con la secreta intención de hacerme fuerte en mi vaga voluntad de no escribir nunca más crítica literaria y dedicarme o bien a escribir literatura —utópica ambición en un ser tan falto de imaginación como yo— o bien, sin ir más lejos, a hacer carrera de profesor, de lector y, más que nada, de bibliófilo, que son las cosas que he acabado haciendo en la vida absolutamente irrelevante y simplicísima que llevo...»

No sabía yo que en ese suplemento literario catalán pudieran encontrarse perlas de este estilo. No es nada normal que un reseñista, en medio de la crítica de un libro, nos hable de sí mismo y nos comunique a bocajarro que renunció a la creación literaria a causa de su escasa imaginación —se necesita, por cierto, imaginación para decir esto— y, encima, logre conmovernos al contarnos que lleva una vida irrelevante y simplicísima.

En fin. Hay que reconocer que la imaginación de decir que no tiene imaginación —ese tío Celerino particular de Jordi Llovet— es una sensata coartada para no escribir, está muy bien buscada, es todo un hallazgo. No como hacen otros que buscan tíos Celerinos la mar de extravagantes para justificar su militancia en el delicado ejército de los escritores del No.

24) Último domingo de julio, lluvioso. Me trae el recuerdo de un domingo lluvioso que Kafka registró en sus *Diarios*: un domingo en el que el escritor, por culpa de Goethe, se siente invadido por una total parálisis de escritura y se pasa el día mirando fijamente sus dedos, presa del síndrome de Bartleby.

«Así me va el domingo apacible —escribe Kafka—, así me va el domingo lluvioso. Estoy sentado en el dormitorio y dispongo de silencio, pero en lugar de decidirme a escribir, actividad en la que anteayer, por ejemplo, hubiese querido volcarme con todo lo que soy, me he quedado ahora largo rato mirando fijamente mis dedos. Creo que esta semana he estado influido totalmente por Goethe, creo que acabo de agotar el vigor de dicho influjo y que por ello me he vuelto inútil.»

Esto escribe Kafka un domingo lluvioso de enero de 1912. Dos páginas más adelante, las que corresponden al 4 de febrero, descubrimos que sigue atrapado por el Mal, por el síndrome de Bartleby. Se confirma plenamente que el tío Celerino de Kafka fue, al menos durante un buen número de días, Goethe: «El entusiasmo ininterrumpido con que leo cosas sobre Goethe (conversaciones con Goethe, años de estudiante, horas con Goethe, una estancia de Goethe en Frankfurt) y que me impide totalmente escribir».

Por si alguien lo dudaba, ahí tenemos la prueba de que Kafka tuvo el síndrome de Bartleby.

Kafka y Bartleby son dos seres bastante insociables a los que desde hace tiempo tengo tendencia a asociar. No soy, por supuesto, el único que se ha sentido tentado de hacerlo. Sin ir más lejos, Gilles Deleuze, en *Bartleby o la fórmula*, dice que el copista de Melville es el vivo retrato del Soltero, así con mayúscula, que aparece en los *Diarios* de Kafka, ese Soltero para el que «la felicidad es comprender que el suelo sobre el que se ha detenido no puede ser mayor que la extensión cubierta por sus pies», ese Soltero que sabe resignarse a un espacio para él cada vez más reducido; ese Soltero las dimensiones exactas de cuyo ataúd, cuando muera, serán justamente lo que necesite.

Al hilo de esto, me vienen a la memoria otras descripciones kafkianas de ese Soltero que dan también la impresión de estar componiendo el vivo retrato de Bartleby: «Anda por ahí con la chaqueta bien abrochada, las manos en los bolsillos, que le quedan altos, los codos salientes, el sombrero encasquetado hasta los ojos, una falsa sonrisa, ya innata, que debe de proteger su boca, como los lentes de pinza protegen sus ojos; los pantalones son más estrechos de lo que conviene estéticamente a unas piernas delgadas. Pero todo el mundo sabe lo que le ocurre, puede enumerarle todos sus sufrimientos».

Del cruce entre el Soltero de Kafka y el copista de Melville surge un ser híbrido que estoy ahora imaginando y al que voy a llamar Scapolo (célibe en italiano) y que guarda parentesco con aquel animal singular —«mitad gatito, mitad cordero»— que recibiera Kafka en herencia.

¿Se sabe también lo que le ocurre a Scapolo? Pues yo diría que un soplo de frialdad emana de su interior, donde se asoma con la mitad más triste de su doble rostro. Ese soplo de frialdad le viene de un desorden innato e incurable del alma. Es un soplo que le deja a merced de una extrema pulsión negativa que le conduce siempre a pronunciar un sonoro NO que parece que lo estuviera dibujando con mayúsculas en el aire quieto de cualquier tarde lluviosa de domingo. Es un soplo de frialdad que hace que cuanto más este Scapolo se aparta de los vivos (para quienes trabaja a veces como esclavo y en otras como oficinista) tanto menor sea el espacio que los demás consideran suficiente para él.

Parece este Scapolo un bonachón suizo (al estilo del paseante Walser) y también el clásico hombre sin atributos (en la esfera de Musil), pero ya hemos visto que Walser sólo en apariencia era un bonachón y que también de las apariencias del

hombre sin atributos hay que desconfiar. En realidad Scapolo asusta, pues pasea directamente por una zona terrible, por
una zona de sombras que es también paraje donde habita la
más radical de las negaciones y donde el soplo de frialdad es,
en síntesis, un soplo de destrucción.

Scapolo es un ser extraño a nosotros, mitad Kafka y mitad Bartleby, que vive en el filo del horizonte de un mundo
muy lejano: un soltero que a veces dice que preferiría no hacerlo y otras, con la voz temblorosa de Heinrich von Kleist
ante la tumba de su amada, dice algo tan terrible y al mismo
tiempo tan sencillo como esto:

—Ya no soy de aquí.

Ésta es la fórmula de Scapolo, toda una alternativa a la de
Bartleby. Me digo esto mientras escucho cómo golpea la lluvia este domingo los cristales.

—Ya no soy de aquí —me susurra Scapolo.

Le sonrío con cierta ternura, y me acuerdo del «soy ver-
daderamente de ultratumba» de Rimbaud. Miro a Scapolo y
me invento mi propia fórmula y, también susurrando, le digo:
«Estoy solo, soltero». Y entonces no puedo evitar verme a mí
mismo como un ser cómico. Porque es cómico tomar conciencia de la propia soledad dirigiéndose a alguien por medios
que impiden precisamente estar solo.

25) De un domingo lluvioso a otro. Me traslado a un domingo del año de 1804 en el que Thomas De Quincey, que entonces tenía diecinueve años, tomó por primera vez opio. Mucho tiempo después, él recordaría así ese día: «Era un domingo
por la tarde, triste y lluvioso. En esta tierra que habitamos no
existe espectáculo más lúgubre que una lluviosa tarde de domingo en Londres».

En De Quincey el síndrome de Bartleby se manifestó en
forma de opio. De los diecinueve a los treinta y seis años, De

Quincey, a causa de la droga, se vio impedido para escribir, pasaba horas y horas tumbado, alucinando. Antes de caer en los ensueños de su mal de Bartleby, él había manifestado sus deseos de ser escritor, pero nadie confiaba en que algún día llegara a serlo, se le daba por desahuciado puesto que el opio genera una alegría sorprendente en el ánimo de quien lo ingiere pero aturde la mente aunque lo haga con ideas y placeres que hechizan. Es evidente que, estando aturdido y hechizado, no se puede escribir.

Pero sucede que a veces la literatura huye de la droga. Y eso es lo que le ocurrió un buen día a De Quincey, que vio cómo de pronto se liberaba de su síndrome de Bartleby. Fue original en su momento la manera de doblegarlo, pues consistió en escribir directamente sobre él. De donde antes sólo estaba el humo del opio surgió el célebre opúsculo *Confesiones de un comedor de opio inglés*, texto fundacional de la historia de las letras drogadas.

Enciendo un cigarrillo y, por unos momentos, rindo homenaje al humo del opio. Me viene a la memoria el sentido del humor de Cyril Connolly al resumir la biografía del hombre que doblegó su síndrome escribiendo sobre él pero sin poder evitar que, a la larga, el síndrome se rebelara, matándole: «Thomas De Quincey. Decadente ensayista inglés quien, a los setenta y cinco años de edad, falleció a causa de aquello sobre lo que había escrito, a causa de haber ingerido opio en su juventud».

El humo ciega mis ojos. Sé que debo terminar, que he llegado al final de esta nota a pie de página. Pero no veo apenas nada, no puedo seguir escribiendo, el humo se ha convertido peligrosamente en mi síndrome de Bartleby.

Ya está. He apagado el cigarrillo. Ya puedo acabar, lo haré citando a Juan Benet: «Quien necesita fumar para escribir, o bien lo tiene que hacer a lo Bogart, con el humo enroscado al ojo (lo cual determina un estilo bronco), o bien ha de soportar que el cenicero se lleve la casi totalidad del cigarrillo».

26) «El arte es una estupidez», dijo Jacques Vaché, y se mató, eligió la vía rápida para convertirse en artista del silencio. En este libro no va a haber mucho espacio para bartlebys suicidas, no me interesan demasiado, pues pienso que en la muerte por propia mano faltan los matices, las sutiles invenciones de otros artistas —el juego, a fin de cuentas, siempre más imaginativo que el disparo en la sien— cuando les llega la hora de justificar su silencio.

A Vaché lo incluyo en este cuaderno, hago con él una excepción porque me encanta su frase de que el arte es una estupidez y porque fue él quien me descubrió que la opción de ciertos autores por el silencio no anula su obra; por el contrario, otorga retroactivamente un poder y una autoridad adicionales a aquello de lo que renegaron: el repudio de la obra se convierte en una nueva fuente de validez, en un certificado de indiscutible seriedad. Esa seriedad me la descubrió Vaché, es una seriedad que consiste en no interpretar el arte como algo cuya seriedad se perpetúa eternamente, como un *fin*, como un vehículo permanente para la ambición. Como dice Susan Sontag: «La actitud realmente seria es aquella que interpreta el arte como un *medio* para lograr algo que quizá sólo se puede alcanzar cuando se abandona el arte».

Hago una excepción, pues, con el suicida Vaché, paradigma del artista sin obras; está en todas las enciclopedias habiendo escrito tan sólo unas pocas cartas a André Breton y nada más.

Y quiero hacer otra excepción con un genio de las letras mexicanas, el suicida Carlos Díaz Dufoo (hijo). También para este extraño escritor el arte es un camino falso, una imbecilidad. En el epitafio de sus rarísimos *Epigramas* —publicados en París en 1927 y supuestamente escritos en esa ciudad, aunque posteriores investigaciones demuestran que Carlos Díaz Dufoo (hijo) jamás se movió de México— dejó dicho que sus acciones fueron oscuras y sus palabras insignificantes y pidió que se le imitara. Este bartleby puro y duro es una de mis máximas debilidades literarias y, a pesar de que se suicidara, tenía que aparecer en este cuaderno. «Fue un auténtico extraño entre nosotros», ha dicho de él Christopher Domínguez Michael, crítico mexicano. Se necesita ser muy extraño para resultar extraño a los mexicanos, que tan extraños —al menos es lo que a mí me parece— son.

Concluyo con uno de sus epigramas, mi epigrama favorito de Dufoo (hijo): «En su trágica desesperación arrancaba, brutalmente, los pelos de su peluca».

27) Voy a hacer una tercera excepción con suicidas, voy a hacerla con Chamfort. En una revista literaria, un artículo de Javier Cercas me ha puesto en la pista de un feroz partidario del No: el señor Chamfort, el mismo que decía que casi todos los hombres son esclavos porque no se atreven a pronunciar la palabra «no».

Como hombre de letras, Chamfort tuvo suerte desde el primer momento, conoció el éxito sin el menor esfuerzo. También el éxito en la vida. Le amaron las mujeres, y sus primeras obras, por mediocres que fueran, le abrieron los salones, ganando incluso el fervor real (Luis XVI y María Antonieta lloraban a lágrima viva al término de las representaciones de sus obras), entrando muy joven en la Academia Francesa, gozando desde el primer instante de un prestigio social extraordinario. Sin embargo, Chamfort sentía un desprecio infinito por el mundo que le rodeaba y muy pronto se enfrentó, hasta las últimas consecuencias, con las ventajas personales de las que disfrutaba. Era un moralista, pero no de los que estamos acostumbrados a soportar en nuestros tiempos, Chamfort no era un hipócrita, no decía que todo el mundo era horroroso para salvarse él mismo, sino que también se despreciaba cuando se miraba al espejo: «El hombre es un animal estúpido, si por mí se juzga».

Su moralismo no era una impostura, no buscaba con su moralismo el prestigio de hombre recto. «Nuestro héroe —escribió Camus sobre Chamfort— irá aún más lejos, porque la renuncia a las propias ventajas nada supone y la destrucción de su cuerpo es poca cosa (se suicidó de un modo salvaje), comparada con la desintegración del propio espíritu. Esto es, *finalmente*, lo que determina la grandeza de Chamfort y la extraña belleza de la novela que no escribió, pero de la que nos dejó los elementos necesarios para poder imaginarla.»

No escribió esa novela —dejó *Máximas y pensamientos*, *Caracteres y anécdotas*, pero nunca novelas—, y sus ideales, su radical No a la sociedad de su tiempo, le abocaron a una especie de santidad desesperada. «Su extremada y cruel actitud —dice Camus— le condujo a esa postrera negación que es el silencio.»

En una de sus *Máximas* nos dejó dicho: «M., a quien se quería hacer hablar de diferentes asuntos públicos o particulares, fríamente contestó: Todos los días engroso la lista de las cosas de las que no hablo; el mayor filósofo sería aquel cuya lista fuera la más extensa».

Esto mismo le conducirá a Chamfort a negar la obra de arte y esa fuerza pura de lenguaje que, en sí misma y desde hacía mucho, trataba de comunicar una forma inigualable a su rebeldía. Negar el arte le condujo a negaciones aún más extremas, incluida esa «postrera negación» de la que hablaba Camus, que, comentando por qué Chamfort no escribió una novela y, además, cayó en un prolongadísimo silencio, dice: «El arte es lo contrario del silencio, constituyendo uno de los signos de esa complicidad que nos liga a los hombres en nuestra lucha común. Para quien ha perdido esa complicidad y se ha colocado *por entero en el rechazo*, ni el lenguaje ni el arte conservan su expresión. Ésta es, sin duda, la razón por la cual esa novela de una negación jamás fue escrita: porque, justamente, era la novela de una negación. Y es que existen en ese arte los principios mismos que debían conducirle a negarse».

Por lo que se ve, Camus, artista del Sí donde los haya, se habría quedado algo paralizado —él, que tanto creía que el arte es lo contrario del silencio— de haber conocido la obra, por ejemplo, de Beckett y otros consumados discípulos recientes de Bartleby.

Chamfort llevó el No tan lejos que, el día en que pensó que la Revolución francesa —de la que había sido inicialmente entusiasta— le había condenado, se disparó un tiro que le rompió la nariz y le vació el ojo derecho. Todavía con vida, volvió a la carga, se degolló con una navaja y se sajó las carnes. Bañado en sangre, hurgó en su pecho con el arma y, en fin, tras abrirse las corvas y las muñecas, se desplomó en medio de un auténtico lago de sangre.

Pero, como ha quedado ya dicho, todo esto no fue nada comparado con la salvaje desintegración de su espíritu.

«¿Por qué no publicáis?», se había preguntado a sí mismo, unos meses antes, en un breve texto, *Productos de la civilización perfeccionada.*

Entre sus numerosas respuestas he seleccionado éstas:

Porque el público me parece que posee el colmo del mal gusto y el afán por la denigración.

Porque se insta a trabajar por la misma razón que cuando nos asomamos a la ventana deseamos ver pasar por las calles a los monos y a los domadores de osos.

Porque temo morir sin haber vivido.

Porque cuanto más se desvanece mi cartel literario más feliz me siento.

Porque no deseo hacer como las gentes de letras, que se asemejan a los asnos coceando y peleándose ante su pesebre vacío.

Porque el público no se interesa más que por los éxitos que no aprecia.

28) Una vez pasé todo un verano con la idea de que yo había sido caballo. Al llegar la noche esa idea se volvía obsesiva, venía a mí como a un cobertizo de mi casa. Fue terrible. Apenas yo acostaba mi cuerpo de hombre, ya empezaba a andar mi recuerdo de caballo.

Naturalmente, no se lo conté a nadie. Tampoco es que tuviera a gente para contárselo, casi nunca he tenido a nadie. Ese verano Juan estaba en el extranjero, quizás a él se lo habría contado. Recuerdo que ese verano lo pasé persiguiendo a tres mujeres, ninguna de ellas me hacía el menor caso, no me concedían ni un minuto para contarles algo tan íntimo y aterrador como la historia de mi pasado, a veces ni me miraban, yo creo que mi joroba las hacía sospechar que yo había sido caballo.

Hoy me ha llamado Juan y me ha dado por contarle la historia de ese verano en que yo tenía recuerdos de caballo.

—Ya no me extraña nada de ti —me ha comentado.

Me ha disgustado el comentario, he lamentado haber descolgado el teléfono cuando Juan ha empezado a dejar su mensaje en el contestador. Como llevo días recibiendo sus mensajes —y también algunos de otras personas, a los que tampoco respondo; sólo descuelgo, y lo hago con voz temblorosa y deprimida, cuando se interesan por mi salud mental desde la oficina—, he pensado que sería mejor descolgar y decirle a Juan que me deje en paz, que estoy cansado de que lleve tantos años compadeciéndose de mi joroba y de mi soledad, que respete estos días míos de aislamiento más radical que nunca, que los necesito para escribir mis notas sin texto. Pero en lugar de eso le he contado lo de mi verano con recuerdos de caballo.

Me ha dicho que ya no le extrañaba nada de mí, y luego me ha comentado que mi historia de ese verano raro le ha recordado el comienzo de un cuento de Felisberto Hernández.

—¿Qué cuento? —le he preguntado, algo dolido porque mi original verano de antaño no pudiera ser una historia exclusivamente mía.

—*La mujer parecida a mí* —me ha contestado—. Y ahora que lo pienso, Felisberto Hernández tiene relación con lo que tan entretenido te tiene. Nunca renunció a escribir, no es un escritor del No, pero sí lo son sus narraciones. Todos los cuentos que escribía los dejaba sin acabar, le gustaba negarse a escribir desenlaces. Por eso la antología de sus relatos se llama *Narraciones incompletas.* Las dejaba todas suspendidas en el aire. De entre todos sus cuentos el más maravilloso es *Nadie encendía las lámparas.*

—Pensaba —le he dicho— que después de Musil ya no había nadie que te interesara.

—Musil y Felisberto —me ha dicho en tono concluyente, muy seguro de sí mismo—. ¿Me oyes bien? Musil y Felisberto. Después de ellos ya nadie enciende las lámparas.

Cuando me he desembarazado de Juan —lo he hecho en el momento en que ha empezado a decirme que vaya con cuidado, que no vayan a descubrir en la oficina que les estoy engañando con mi depresión y acaben despidiéndome—, he empezado a releer los cuentos de Felisberto. Desde luego fue un escritor genial, se empeñaba en defraudar las expectativas con que las ficciones nos gratifican. Bergson definía el humor como una espera decepcionada. Esa definición, que puede aplicarse a la literatura, se cumple con una rara minuciosidad en los relatos de Felisberto Hernández, escritor y al mismo tiempo pianista de salones elegantes y de casinos de mala muerte, autor de un espacio fantasmal de ficciones, escritor de cuentos que no acababa (como indicando que en esta vida falta algo), creador de voces estranguladas, inventor de la ausencia.

Muchos de sus finales incompletos son inolvidables. Como el de *Nadie encendía las lámparas*, donde nos dice que él se iba «entre los últimos tropezando con los muebles». Un final inolvidable. A veces juego a pensar que nadie en mi casa enciende las lámparas. A partir de hoy, tras haber recuperado la memoria del cuento incompleto de Felisberto, jugaré también a irme el último tropezando con los muebles. Me gustan mis fiestas de hombre solo. Son como la vida misma, como cualquier cuento de Felisberto: una fiesta incompleta, pero una fiesta de verdad.

29) Iba a escribir sobre el día en que vi a Salinger en Nueva York, cuando mi atención se ha desviado hacia la pesadilla que tuve ayer y que derivó hacia un curioso lado cómico.

Descubrían en la oficina mi engaño y me despedían. Gran drama, sudores fríos, pesadilla insoportable hasta que aparecía el lado cómico de la tragedia de mi despido. Decidía que no iba a dedicarle más que una sola línea a mi drama, no merecía más espacio en mi diario. Conteniendo la risa, escribía esto: «No pienso ocuparme del imbécil asunto de la pérdida de mi trabajo, voy a hacer como el cardenal Roncalli la tarde en que le nombraron jefe de la Iglesia católica y se limitó a anotar escuetamente en su diario: "Hoy me han hecho Papa." O bien haré como Luis XVI, hombre no especialmente perspicaz y que el día de la toma de la Bastilla anotó en su diario: *"Rien."*».

30) Creía que ya por fin iba a poder escribir sobre Salinger cuando de repente, mirando distraídamente el periódico abierto por las páginas de Cultura, me he encontrado con la

noticia del reciente homenaje a Pepín Bello en Huesca, su ciudad natal.

Ha sido como si me hubiera visitado Pepín Bello.

Acompañando la noticia, un texto de Ignacio Vidal-Folch y una entrevista de Antón Castro al escritor del No (español) por excelencia.

Vidal-Folch escribe: «Tener una mentalidad artística y negarse a darle vía libre conduce a dos caminos: uno, el sentimiento de frustración (...), otro, mucho menos extendido, predicado por algunos espíritus orientales, y que requiere cierto refinamiento del alma, es el que dirige los pasos de Pepín Bello: renunciar sin lamentaciones a la manifestación de los propios dones puede ser una virtud espiritualmente aristocrática, y cuando se pliega uno a ella sin siquiera ampararla en el desprecio a los semejantes, en el hastío de la vida o en la indiferencia hacia el arte, entonces tiene algo ya de divino (...) Imagino a Lorca, Buñuel y Dalí comentando que era una lástima que Pepín, con tanto talento, no trabajase. Bello no les hizo caso. Decepcionarles en eso me parece una obra de arte más considerable que, por ejemplo, los divertidos e ingeniosos dibujos de *putrefactos* dalinianos en cuya génesis está Bello».

Me he levantado del sofá para poner de fondo música de Tony Fruscella, otro de mis artistas favoritos. Luego, he vuelto al sofá movido por la curiosidad de saber qué decía Pepín Bello en la entrevista.

Sentado en el sofá, se me apareció hace unos días Ferrer Lerín, el poeta que estudia buitres. Hoy lo ha hecho Pepín Bello. Creo que ése es el lugar ideal de mi casa para los fantasmas de la extrema negatividad, el lugar ideal para que se comuniquen conmigo.

«José Bello Lasierra —empieza diciendo Antón Castro— es un tipo inverosímil. Ningún fabulador habría podido imaginarse a un hombre así: con esa piel lustrosa de zagalejo de perlas, quebrada por un bigotillo de nieve.»

Me he quedado pensando en lo mucho que me gustan los tipos inverosímiles, luego me he preguntado qué diablos podía ser un zagalejo, y el diccionario me ha resuelto el enigma: «refajo que usan las lugareñas».

Mejor dicho; no ha resuelto para nada el enigma, sino que me lo ha complicado mucho más. Y he terminado viajando con el refajo tan lejos que me he quedado muy receptivo, inmensamente abierto a todo, hasta el punto de que he recibido, en la frontera de la razón y el sueño, la visita del inverosímil Pepín Bello.

Al verle, sólo se me ha ocurrido hacerle una pregunta desde el sofá, una pregunta la mar de simple, pues yo sé que él es sencillo, tan sencillo —me he dicho— como una merienda.

—No he visto nunca —me ha dicho— una mujer tan bella como Ava Gardner. Una vez estuve mucho rato con ella, sentados en un sofá bajo una lámpara. La miraba yo fijamente. «¿Qué miras tanto?», me preguntó. «¿Qué voy a mirar? A ti, hija mía, a ti.» Era increíble. Recuerdo que en ese momento le estaba mirando el blanco de los ojos y lo tenía como esas muñecas que había antiguamente de porcelana, de un blanco azulado en la córnea. Ella se reía. Y yo le decía: «No, no te rías. Que eres un monstruo».

Al callarse, he querido hacerle la pregunta sencilla que tenía pensada, pero he visto que, por muy simple que ésta fuera, la había por completo olvidado. Nadie encendía las lámparas. De pronto, él ha empezado a irse, se ha perdido al fondo del pasillo, tropezando con los muebles, voceando como si fuera un vendedor callejero de periódicos:

—¡Últimas noticias! ¡Últimas noticias! ¡Soy el Pepín Bello de los manuales y los diccionarios!

31) Vi a Salinger en un autobús de la Quinta Avenida de Nueva York. Lo vi, estoy seguro de que era él. Ocurrió hace tres años cuando, al igual que ahora, simulé una depresión y logré que me dieran, por un buen periodo de tiempo, la baja en el trabajo. Me tomé la libertad de pasar un fin de semana en Nueva York. No estuve más días porque obviamente no me convenía correr el riesgo de que me llamaran de la oficina y no estuviera localizable en casa. Estuve sólo dos días y medio en Nueva York, pero no puede decirse que desaprovechara el tiempo. Porque vi nada menos que a Salinger. Era él, estoy seguro. Era el vivo retrato del anciano que, arrastrando un carrito de la compra, habían fotografiado, hacía poco, a la salida de un hipermercado de New Hampshire.

Jerome David Salinger. Allí estaba al fondo del autobús. Parpadeaba de vez en cuando. De no haber sido por eso, me habría parecido más una estatua que un hombre. Era él. Jerome David Salinger, un nombre imprescindible en cualquier aproximación a la historia del arte del No.

Autor de cuatro libros tan deslumbrantes como famosísimos —*The Catcher in the Rye* (1951), *Nine Stories* (1953), *Franny and Zooey* (1961) y *Raise High the Roof Beam, Carpenters/Seymour: An Introduction* (1963)—, no ha publicado hasta el día de hoy nada más, es decir, que lleva treinta y seis años de riguroso silencio que ha venido acompañado, además, de una legendaria obsesión por preservar su vida privada.

Le vi en ese autobús de la Quinta Avenida. Le vi por casualidad, en realidad le vi porque me dio por fijarme en una chica que iba a su lado y que tenía la boca abierta de un modo muy curioso. La chica estaba leyendo un anuncio de cosméticos en el tablero de la pared del autobús. Por lo visto, cuando la chica leía se le aflojaba ligeramente la mandíbula. En el breve instante en que la boca de la chica estuvo abierta y los labios estuvieron separados, ella —por decirlo con una expresión de Salinger— fue para mí lo más fatal de todo Manhattan.

Me enamoré. Yo, un pobre español viejo y jorobado, con nulas esperanzas de ser correspondido, me enamoré. Y aunque viejo y jorobado, actué desacomplejado, actué como lo haría cualquier hombre repentinamente enamorado, quiero decir que lo primero de todo que hice fue mirar si la acompañaba algún hombre. Entonces fue cuando vi a Salinger y me quedé de piedra: dos emociones en menos de cinco segundos.

De pronto, me había quedado dividido entre el enamoramiento repentino que acababa de sentir por una desconocida y el descubrimiento —al alcance de muy pocos— de que estaba viajando con Salinger. Quedé dividido entre las mujeres y la literatura, entre el amor repentino y la posibilidad de hablarle a Salinger y con astucia averiguar, en primicia mundial, por qué él había dejado de publicar libros y por qué se ocultaba del mundo.

Tenía que elegir entre la chica o Salinger. Dado que él y ella no se hablaban y por lo tanto no parecía que se conocieran entre ellos, me di cuenta de que no tenía demasiado tiempo para elegir entre uno u otro. Debía obrar con rapidez. Decidí que el amor tiene que ir siempre por delante de la literatura, y entonces planeé acercarme a la chica, inclinarme ante ella y decirle con toda sinceridad:

—Perdone, usted me gusta mucho y creo que su boca es lo más maravilloso que he visto en mi vida. Y también creo que, aquí donde me ve, jorobado y viejo, yo podría, a pesar de todo, hacerla muy feliz. Dios, cómo la amo. ¿Tiene algo que hacer esta noche?

Me vino a la memoria de pronto un cuento de Salinger, *The Heart of a Broken Story* (El corazón de una historia quebrada), en el que alguien planeaba en un autobús, al ver a la chica de sus sueños, una pregunta casi calcada a la que había yo en secreto formulado. Y recordé el nombre de la chica del cuento de Salinger: Shirley Lester. Y decidí que provisionalmente llamaría así a mi chica: Shirley.

Y me dije que sin duda haber visto a Salinger en aquel autobús me había influido hasta el punto de habérseme ocurrido preguntarle a aquella chica lo mismo que un chico quería preguntarle a la chica de sus sueños en un cuento de Salinger. Menudo lío, pensé, todo esto te sucede por haberte enamorado de Shirley, pero también por haberla visto al lado del escurridizo Salinger.

Me di cuenta de que acercarme a Shirley y decirle que la amaba mucho y que estaba chiflado por ella era una absoluta majadería. Pero peor fue lo que se me ocurrió después. Por suerte, no me decidí a llevarlo a la práctica. Se me ocurrió acercarme a Salinger y decirle:

—Dios, cómo le amo, Salinger. ¿Podría decirme por qué lleva tantos años sin publicar nada? ¿Existe un motivo esencial por el que se deba dejar de escribir?

Por suerte, no me acerqué a Salinger para preguntarle una cosa así. Pero también es cierto que se me ocurrió algo casi peor. Pensé en acercarme a Shirley y decirle:

—Por favor, no me interprete mal, señorita. Mi tarjeta. Vivo en Barcelona y tengo un buen empleo, aunque ahora estoy de baja, que es lo que me ha permitido viajar a Nueva York. ¿Me permite que la telefonee esta tarde o en un futuro muy cercano, esta misma noche por ejemplo? Espero no sonar demasiado desesperado. En realidad supongo que lo estoy.

Finalmente, tampoco me atreví a acercarme a Shirley para decirle una cosa así. Me habría enviado a freír espárragos, algo difícil de hacer, porque ¿cómo se fríen espárragos en la Quinta Avenida de Nueva York?

Pensé entonces en utilizar un viejo truco, ir hasta donde estaba Shirley y con mi inglés casi perfecto decirle:

—Perdone, pero ¿no es usted Wilma Pritchard?

A lo que Shirley habría respondido fríamente:

—No.

—Tiene gracia —podría haber proseguido yo—, estaba dispuesto a jurar que era usted Wilma Pritchard. Ah. ¿No será usted por casualidad de Seattle?

—No.

Por suerte, también me di cuenta a tiempo de que por ese conducto tampoco habría llegado muy lejos. Las mujeres se saben de memoria el truco de acercarse a ellas haciendo como que las confundes con otras. El «Por cierto, señorita, ¿dónde nos hemos visto antes?» se lo conocen de memoria y sólo si les caes bien simulan caer en la trampa. Yo, aquel día, en aquel autobús de la Quinta Avenida, tenía pocas posibilidades de caerle bien a Shirley, pues andaba muy jorobado y sudado, el pelo se me había quedado planchado, pegado a la piel y delatando mi incipiente calvicie. Llevaba manchada la camisa por una gota horrible de café. No me sentía nada seguro de mí mismo. Por un momento me dije que era más fácil caerle bien a Salinger que a Shirley. Decidí acercarme a él y preguntarle:

—Señor Salinger, soy un admirador suyo, pero no he venido a preguntarle por qué no publica desde hace más de treinta años, yo lo que quisiera saber es su opinión acerca de ese día en el que Lord Chandos se percató de que el inabarcable conjunto cósmico del que formamos parte no podía ser descrito con palabras. Quisiera que me dijera si es que a usted le ocurrió otro tanto y por eso dejó de escribir.

Finalmente, tampoco me acerqué para preguntarle todo eso. Me habría enviado a freír espárragos en la Quinta Avenida. Por otra parte, pedirle un autógrafo tampoco era una idea brillante.

—Señor Salinger, ¿sería tan amable de estamparme su legendaria firma en este papelito? Dios, cómo le admiro.

—Yo no soy Salinger —me habría contestado. Para algo llevaba treinta y tres años preservando férreamente su intimidad. Es más, habría vivido yo una situación de absoluto bochorno. Claro está que entonces podría haber aprovechado todo aquello para dirigirme a Shirley y pedirle que el autógrafo lo firmara ella. Tal vez ella habría sonreído y me habría dado una oportunidad para entablar una conversación.

—En realidad le he pedido su autógrafo, señorita, porque la amo. Estoy muy solo en Nueva York y sólo se me ocurren majaderías para intentar conectar con algún ser humano. Pero es totalmente verdad que la amo. Ha sido un amor a primera vista. ¿Ya sabe usted que está viajando al lado del escritor más escondido del mundo? Mi tarjeta. El escritor más oculto del mundo soy yo, pero también lo es el señor que va sentado a su lado, el mismo que acaba de negarse a firmarme un autógrafo.

Me encontraba ya desesperado y cada vez más empapado de sudor en aquel autobús de la Quinta Avenida cuando de pronto vi que Salinger y Shirley se conocían. Él le dio un breve beso en la mejilla al tiempo que le indicaba que debían bajarse en la siguiente parada. Se pusieron los dos de pie al unísono, hablando tranquilamente entre ellos. Seguramente Shirley era la amante de Salinger. La vida es horrorosa, me dije. Pero inmediatamente pensé que aquello ya no lo cambiaba nadie y que era mejor no perder el tiempo buscándole adjetivos a la vida. Viendo que se acercaban a la puerta de salida, me acerqué yo también a ella. No me gusta recrearme en las contrariedades, siempre trato de sacarles algún provecho a los contratiempos. Me dije que, a falta de nuevas novelas o cuentos de Salinger, lo que le oyera a él decir en aquel autobús podía leerlo como una nueva entrega literaria del escritor. Como digo, sé sacarles provecho a los contratiempos.

Y pienso que los futuros lectores de estas notas sin texto me lo agradecerán, pues quiero imaginarles encantados en el momento de descubrir que las páginas de mi cuaderno contienen nada menos que un breve inédito de Salinger, las palabras que le escuché decir aquel día.

Llegué a la puerta de salida del autobús poco después de que la pareja hubiera descendido por ella. Bajé, agucé el oído, y lo hice algo emocionado, iba a tener acceso a material inédito de un escritor mítico.

—La llave —le oí decir a Salinger—. Ya es hora de que la tenga yo. Dámela.

—¿Qué? —dijo Shirley.

—La llave —repitió Salinger—. Ya es hora de que la tenga yo. Dámela.

—Dios mío —dijo Shirley—. No me atrevía a decírtelo... La perdí.

Se detuvieron junto a una papelera. Parándome a un metro y medio de ellos, hice como que buscaba una cajetilla de cigarrillos en uno de los bolsillos de mi americana.

De repente, Salinger abrió los brazos y Shirley, sollozando, se fue hacia ellos.

—No te preocupes —dijo él—. Por el amor de Dios, no te preocupes.

Se quedaron allí inmóviles, y yo tuve que seguir andando, no podía por más tiempo quedarme tan quieto a su lado y delatar que les espiaba. Di unos cuantos pasos, y jugué con la idea de que estaba cruzando una frontera, algo así como una línea ambigua y casi invisible en la que se esconderían los finales de los cuentos inéditos. Luego volví la vista atrás para ver cómo seguía todo aquello. Se habían apoyado en la papelera y estaban más abrazados que antes, los dos ahora llorando. Me pareció que, entre sollozo y sollozo, Salinger no hacía más que repetir lo que de él ya había oído antes:

—No te preocupes. Por el amor de Dios, no te preocupes.

Seguí mi camino, me alejé. El problema de Salinger era que tenía cierta tendencia a repetirse.

32) El día de Navidad de 1936, Jorge Luis Borges publica un artículo en la revista *El hogar*, que titula así: *Enrique Banchs ha cumplido este año sus bodas de plata con el silencio.*

En su artículo, Borges comienza diciendo que la función poética —«ese vehemente y solitario ejercicio de combinar palabras que alarmen de aventura a quienes las oigan»— padece misteriosas interrupciones, lúgubres y arbitrarios eclipses.

Habla Borges del caso muy común del poeta que, a veces hábil, es otras veces casi bochornosamente incapaz. Pero hay otro caso más extraño, escribe Borges, otro caso más admirable: el de aquel hombre que, en posesión ilimitada de una maestría, desdeña su ejercicio y prefiere la inacción, el silencio. Y cita a Rimbaud, que a los diecisiete años compone *Le Bateau ivre* y a quien a los diecinueve la literatura le es tan indiferente como la gloria, y devana arriesgadas aventuras en Alemania, en Chipre, en Java, en Sumatra, en Abisinia y en el Sudán, pues los goces peculiares de la sintaxis fueron anulados en él por los que suministran la política y el comercio.

Borges nos habla de Rimbaud a modo de introducción al caso que le interesa, el del poeta argentino Enrique Banchs, de quien nos dice: «En la ciudad de Buenos Aires, el año 1911, Enrique Banchs publica *La urna*, el mejor de sus libros, y uno de los mejores de la literatura argentina: luego, misteriosamente, enmudece. Hace veinticinco años que ha enmudecido».

Lo que ese día de Navidad del 36 no sabía Borges era que el silencio de Banchs iba a durar cincuenta y siete años, iba a rebasar con creces las bodas de oro de su silencio.

«*La urna* —nos dice Borges— es un libro contemporáneo, un libro nuevo. Un libro eterno, mejor dicho, si nos atrevemos a pronunciar esa portentosa o hueca palabra. Sus dos virtudes son la limpidez y el temblor, no la invención escandalosa ni el experimento cargado de porvenir (...) *La urna* ha carecido del prestigio guerrero de las polémicas. Enrique Banchs ha sido comparado con Virgilio. Nada más agradable para un poeta: nada, también, menos estimulante para su público (...) Tal vez un soneto de Banchs nos dé la clave de su inverosímil silencio: aquel en el que se refiere a su alma, *que, alumna secular, prefiere ruinas y próceres a la de hoy menguada palma* (...) Tal vez, como a Georges Maurice de Guérin, la carrera literaria le parezca irreal, *esencialmente y en los halagos que uno pide.* Tal vez no quiere fatigar el tiempo con su nombre y su fama...»

Finalmente, Borges propone una última solución al lector que quiera resolver el enigma del silencio de Enrique Banchs: «Tal vez su propia destreza le hace desdeñar la literatura como un juego demasiado fácil».

33) Otro hechicero feliz que también renunció al ejercicio de su magia fue el barón de Teive, el heterónimo menos conocido de Fernando Pessoa, el heterónimo suicida. O, mejor dicho, el semiheterónimo, porque al igual que Bernardo Soares se le puede aplicar aquello de «no siendo su personalidad la mía, es, no diferente de la mía, sino una simple mutilación de ella».

He acabado pensando en el barón esta mañana, he pensado en él tras el durísimo despertar. Ha sido un amanecer de angustia terrible y desaforada. Me he despertado sintiendo que la angustia se abría paso entre mis huesos y remontaba por las venas hasta que se abría mi piel. Ha sido un horror semejante despertar. Para ahuyentarlo cuanto antes de mi mente, he ido a buscar el *Libro del desasosiego*, de Fernando Pessoa. Me ha parecido que, por muy duro que fuera el fragmento que encontrara al azar abriendo el angustioso diario de Pessoa, siempre sería inferior en dureza —seguro— al horror con el que me he despertado. Siempre me ha funcionado bien este sistema de viajar a la angustia de otros para rebajar la intensidad de la mía.

He ido a dar con un fragmento que habla del sueño y que parece escrito, como muchos de él, bajo los efectos del aguardiente: «Nunca duermo. Vivo y sueño o, mejor dicho, sueño en vida y sueño al dormir, que también es vida...».

De Pessoa he pasado a pensar —supongo que es la última excepción que hago en este cuaderno con bartlebys suicidas— en el barón de Teive. He ido a buscar *La educación del estoico*, único manuscrito que dejó este semiheterónimo de Pessoa. El libro lleva un subtítulo que delata con claridad la condición de escritor del No de su aristócrata autor: *De la imposibilidad de hacer un arte superior.*

Escribe el barón de Teive en el prólogo de su breve y único libro: «Siento próximo, porque yo mismo lo quiero próximo, el final de mi vida (...). Matarme, voy a matarme. Pero quiero dejar al menos una memoria intelectual de mi vida (...). Será éste mi único manuscrito (...). Siento que la lucidez de mi alma me da fuerza para las palabras, no para realizar la obra que nunca podría llevar a cabo, pero sí al menos para decir con sencillez por qué motivos no la realicé».

La educación del estoico es un libro extraño y algo conmovedor. En sus pocas páginas, el barón, hombre muy tímido y desgraciado con las mujeres —como yo, sin ir más lejos—, nos explica cuál es su visión del mundo y cuáles habrían sido los libros que habría escrito de no haber sido porque prefirió no escribirlos.

El motivo de por qué no se molestó en escribirlos se encuentra en el subtítulo y en frases como ésta (que, por cierto, recuerda el síndrome de Bartleby de Joubert): «La dignidad de la inteligencia reside en reconocer que está limitada y que el universo se encuentra fuera de ella».

Así pues, debido a que no se puede hacer un arte superior, el barón prefiere pasarse, con toda la dignidad del mundo, al país de los hechiceros infelices que renuncian a la engañosa magia de cuatro palabras bien colocadas en cuatro libros brillantes pero en el fondo impotentes en su intento de alcanzar un arte superior que logre hundirse con el universo entero.

Si a esta aspiración universal inalcanzable añadimos aquello que decía Oscar Wilde de que el público tiene una curiosidad insaciable por conocerlo todo, excepto lo que merece la pena, llegaremos a la conclusión de que el barón hizo muy bien en ser consecuente con su lucidez, hizo muy bien en escribir sobre la imposibilidad de hacer un arte superior, y hasta tal vez —dadas las circunstancias que envuelven su caso— hizo bien en matarse. Porque ¿qué otra cosa podía hacer alguien que, como el barón, pensaba, por ejemplo, que ni los sabios griegos eran dignos de admiración, pues desde siempre le habían causado una impresión rancia, «gente simplona, sin más»?

¿Qué más podía hacer ese barón tan terriblemente lúcido? Hizo muy bien en mandar a paseo su vida y también, por inalcanzable, mandar a paseo el arte superior: mandó a paseo su vida y el arte superior de una forma parecida a Álvaro de Campos, experto en decir que no había en el mundo más metafísica que las chocolatinas, y experto en tomar el papel de plata que envolvía a éstas y en tirarlo al suelo, como antes —decía— había tirado al suelo su propia vida.

Así que el barón se mató. Y a ello contribuyó, a modo casi de puntilla, el descubrimiento de que hasta Leopardi (que le parecía el menos malo de los escritores que había leído) estaba imposibilitado para el arte superior. Es más, Leopardi era capaz de escribir frases como ésta: «Soy tímido con las mujeres, luego Dios no existe». Al barón, que era también tímido con las mujeres, la frase le resultó graciosa, pero le sonó a metafísica menor. Que hasta Leopardi dijera tonterías de semejante calibre, le confirmó definitivamente que el arte superior era imposible. Eso consoló al barón antes de matarse, pues pensó que si Leopardi decía semejantes memeces, no podía ya ser más evidente que en arte no había nada que hacer, sólo reconocer una posible aristocracia del alma. Y marcharse. Debió de pensar: Somos tímidos con las mujeres, Dios existe pero Cristo no tenía biblioteca, nunca llegamos a nada, pero al menos alguien inventó la dignidad.

34) Para Hofmannsthal, la fuerza estética tiene sus raíces en la justicia. Él persiguió, en nombre de esta exigencia estética, nos dice Claudio Magris, la definición en el límite y el contorno, en la línea y la claridad, levantando el sentido de la forma y de la norma como un baluarte contra la seducción de lo inefable y vago (de lo que, sin embargo, él mismo se había hecho portavoz en sus inicios extraordinariamente precoces).

El caso de Hofmannsthal es uno de los más singulares y polémicos del arte de la negativa, por su fulgurante ascenso de niño prodigio de las letras, por la crisis de escritura que posteriormente le sobreviene (y que refleja su *Carta de Lord Chandos*, pieza emblemática del arte de la negativa) y por su sucesiva y prudente corrección de rumbo.

Hubo, pues, en este escritor tres etapas bien diferenciadas. En la primera, absoluta genialidad adolescente, pero etapa teñida de palabra fácil y hueca. En la segunda, crisis total, pues la *Carta* constituye el grado cero no ya de la escritura, sino de la poética del propio Hofmannsthal; la *Carta* constituye un manifiesto del desfallecimiento de la palabra y del naufragio del *yo* en el fluir convulsionado e indistinto de las cosas, ya no nominables ni dominables por el lenguaje: «Mi caso, en pocas palabras, es éste: he perdido del todo la facultad de pensar o de hablar coherentemente de cualquier cosa», lo que significa que el remitente de la carta abandona la vocación y profesión de escritor porque ninguna palabra le parece expresar la realidad objetiva. Y una tercera etapa en la que Hofmannsthal remonta la crisis y, como un Rimbaud que hubiera vuelto a la escritura tras haber constatado la bancarrota de la palabra, retorna con elegancia a la literatura, lo que le sitúa de lleno en la vorágine del escritor consagrado que tiene que administrar su patrimonio de imagen pública y atender las visitas de los hombres de letras, hablar con los editores, viajar para dar conferencias, viajar para crear, dirigir revistas, al tiempo que sus obras ocupan cartelera en los teatros alemanes y su prosa gana en serenidad, aunque, como observó Schnitzler, lo que se ve en esa tercera etapa es que nunca Hofmannsthal superó el milagro único que él constituyó con su asombrosa precocidad y con esa posterior explosión de profundidad que le colocó al borde del silencio más absoluto cuando le llegó la crisis que originó la *Carta*.

«No admiro menos —escribió Stefan Zweig a propósito de esto— las obras posteriores a la etapa de genialidad y a la de la crisis encarnada por la *Carta de Lord Chandos*, sus magníficos artículos, el fragmento de *Andreas*, y otros aciertos suyos. Pero al establecer una más intensa relación con el teatro real y los intereses de su tiempo, al concebir mayores ambiciones, perdió algo de la pura inspiración de sus primeras creaciones.»

La carta que supuestamente envía Lord Chandos a sir Francis Bacon comunicándole que renuncia a escribir —ya que «una regadera, un rastrillo abandonado en el campo, un perro al sol (...), cada uno de estos objetos, y mil otros parecidos, sobre los cuales el ojo normalmente se desliza con natural indiferencia, puede de repente, en cualquier momento, cobrar para mí un carácter sublime y conmovedor que la totalidad del vocabulario me parece demasiado pobre para expresar»—, esta carta de Lord Chandos, que se emparenta, por ejemplo, con el *Coloquio del borracho*, de Franz Kafka (en el que ya las cosas no están en su lugar y la lengua ya no las dice), esta carta de Lord Chandos sintetiza lo esencial de la crisis de expresión literaria que afectó a la generación del fin del siglo XIX vienés y habla de una crisis de confianza en la naturaleza básica de la expresión literaria y de la comunicación humana, del lenguaje entendido como universal, sin distinción particular de lenguas.

Esta *Carta de Lord Chandos*, cumbre de la literatura del No, proyecta su bartlebyana sombra a lo largo y ancho de la escritura del siglo XX y tiene entre sus herederos más obvios al joven Törless de Musil, que advierte, en la novela homónima de 1906, la «segunda vida de las cosas, secreta y huidiza (...), una vida que no se expresa con las palabras y que, aun así, es mi vida»; herederos como Bruno Schulz, que en *Las tiendas de color canela* (1934) habla de alguien cuya personalidad se ha escindido en varios *yoes* diferentes y hostiles; herederos como el loco de *Auto de fe* (1935) de Elias Canetti, que indica el mismo objeto con un término cada vez distinto, para no dejarse aprisionar por el poder de la definición fija e inmutable; herederos como Oswald Wiener, que en *La mejora de Centroeuropa* (1969) lleva a cabo un ataque frontal contra la mentira literaria, como curioso esfuerzo por destruirla, para reencontrar, más allá del signo, la inmediatez vital; herederos más recientes como Pedro Casariego Córdoba, para quien, en *Falsearé la leyenda*, quizás los sentimientos sean inexpresables, quizás el arte sea un vapor, quizás se evapore en el proceso de convertir lo exterior en interior; o herederos como Clément Rosset, que en *Le choix des mots* (1995) dice que, en el terreno del arte, el hombre no creativo puede atribuirse una fuerza superior a la del creativo, ya que éste sólo posee el poder de crear mientras que aquél dispone de este mismo poder pero, además, tiene el de poder renunciar a crear.

35) Aunque el síndrome ya venía de lejos, con la *Carta de Lord Chandos* la literatura quedaba ya del todo expuesta a su insuficiencia e imposibilidad, haciendo de esta exposición —como se hace en estas notas sin texto— su cuestión fundamental, necesariamente trágica.

La negación, la renuncia, el mutismo, son lagunas de las formas extremas bajo las cuales se presentó el malestar de la cultura.

Pero la forma extrema por excelencia fue la que llegó con la Segunda Guerra Mundial, cuando el lenguaje quedó encima mutilado y Paul Celan sólo pudo excavar en una herida iletrada en tiempo de silencio y destrucción:

> Si viniera,
> si viniera un hombre
> si viniera un hombre al mundo, hoy, con
> la barba de luz de los
> patriarcas: sólo podría,
> si hablara de este
> tiempo, sólo
> podría balbucir, balbucir
> siempre siempre
> sólo sólo.

36) Me ha escrito Derain, me ha escrito de verdad, esta vez no me lo invento. Ya no esperaba para nada que lo hiciera, pero bienvenido sea.

Me pide dinero —se ve que sentido del humor no le falta— por toda la documentación que envía para mis notas.

Distinguido colega —me dice en la carta—, le mando fotocopias de algunos documentos literarios que pueden resultar de su interés, serle útiles para sus notas sobre el arte de la negativa.

Encontrará, en primer lugar, unas frases de *Monsieur Teste*, de Paul Valéry. Ya sé que cuenta con Valéry —ineludible en el tema que usted trata—, pero quizás se le hayan escapado las frases que le mando y que son la perla condensada de un libro, *Monsieur Teste*, totalmente alineado con la llamémosla problemática del No.

Sigue una carta de John Keats en la que éste, entre otras cosas, se pregunta qué hay de asombroso en que él diga que va a dejar de escribir para siempre.

Le mando también *Adieu*, por si acaso se le ha traspapelado ese breve texto de Rimbaud en el que muchos han creído ver, y yo con ellos, su despedida explícita de la literatura.

También le envío un fragmento esencial de *La muerte de Virgilio*, novela de Hermann Broch.

Sigue una frase de Georges Perec, que nada tiene que ver con el tema de la negación o de la renuncia ni con nada de lo que le tiene preocupado y sobre lo que usted indaga, pero que pienso puede saberle a algo así como la pausa que refresca después del duro Broch.

Finalmente, le mando algo que no puede faltar de ningún modo en una aproximación al arte de la negativa: *Crise de vers*, un texto de 1896 de Mallarmé.

Son mil francos. Creo que bien los vale mi ayuda.

Suyo,

DERAIN

37) Reconozco que son una perla condensada de *Monsieur Teste* las frases de Valéry que Derain me ha seleccionado: «No era Monsieur Teste filósofo ni nada por el estilo. Ni

siquiera era literato. Y, gracias a eso, pensaba mucho. Cuanto más se escribe, menos se piensa».

38) Poeta «consciente de ser poeta», John Keats es autor de ideas decisivas sobre la poesía misma, nunca expuestas en prólogos o en libros de teoría sino en cartas a los amigos, destacando muy especialmente la enviada a Richard Woodhouse un 27 de octubre de 1818. En esta carta habla sobre la *capacidad negativa* del buen poeta, que es el que sabe distanciarse y permanecer neutral ante lo que dice, igual que hacen los personajes de Shakespeare, entrando en comunión directa con las situaciones y las cosas para convertirlas en poemas.

En esa carta niega que el poeta tenga sustancia propia, identidad, un *yo* desde el que hablar con sinceridad. Para Keats, el buen poeta es más bien un camaleón, que encuentra placer tanto creando un personaje perverso (como el Yago de *Otelo*) como uno angelical (como la también shakespeariana Imogen).

Para Keats, el poeta «lo es todo y no es nada: no tiene carácter; disfruta de la luz y de la sombra (...) Lo que choca al virtuoso filósofo, deleita el camaleónico poeta». Y por eso precisamente «un poeta es el ser menos poético que haya, porque no tiene identidad: está continuamente sustituyendo y rellenando algún cuerpo».

«El sol —continúa diciéndole a su amigo—, la luna, el mar, los hombres y las mujeres, que son criaturas impulsivas, son poéticos y tienen en sí algún atributo inmutable. El poeta carece de todos, es imposible identificarle, y es, sin duda, el menos poético de todos los seres creados por Dios.»

Da la impresión Keats de estar anunciando, con muchos años de adelanto, la tan traída actualmente «disolución del yo». Se adelantó, guiado por su inteligencia genial y por sus grandes intuiciones, a muchas cosas. Es algo que, sin ir más lejos, puede verse cuando, tras su discurso sobre la faceta camaleónica del poeta, termina la carta a su amigo Woodhouse con una frase sorprendente para la época: «Si, por lo tanto, el poeta no tiene *ser en sí* y yo soy un poeta, ¿qué hay de asombroso en que diga que voy a dejar de escribir para siempre?».

39) *Adieu* es un breve texto de Rimbaud incluido en *Una temporada en el infierno* y en el que, en efecto, parece que el poeta se despide de la literatura: «¡El otoño ya! Pero por qué añorar un sol eterno, si estamos comprometidos en el descubrimiento de la claridad divina, lejos de la gente que muere en las estaciones».

Un Rimbaud maduro —«¡El otoño ya!»—, un Rimbaud maduro a los diecinueve años se despide de la, para él, falsa ilusión del cristianismo, de las sucesivas etapas por las que, hasta ese momento, pasó su poesía, de sus tentativas iluministas, de su ambición inmensa en definitiva. Y ante sus ojos se vislumbra un nuevo camino: «He intentado inventar nuevas flores, nuevos astros, nuevas carnes, nuevas lenguas. Creí adquirir poderes sobrenaturales. ¡Y ya veis! ¡Debo enterrar mi imaginación y mis recuerdos! Una hermosa gloria de artista y de narrador arrebatada».

Acaba con una frase que se ha hecho célebre, sin duda una despedida en toda regla: «Es preciso ser absolutamente moderno. *Ni un solo cántico: mantener el paso ganado*».

Con todo, yo prefiero —aunque no me lo haya enviado Derain— una despedida de la literatura más simple, mucho más sencilla que su *Adieu*. Se encuentra en el borrador de *Una temporada en el infierno* y dice así: «Ahora puedo decir que el arte es una tontería».

40) Keats y Rimbaud —entiendo que quiere insinuarme Derain— hacen acto de presencia en la crisis final del poeta Virgilio en la extraordinaria novela de Hermann Broch. Al

Keats que visionara la disolución del yo (cuando ésta aún no era un tópico) casi lo palpamos cuando Broch, en las páginas centrales de *La muerte de Virgilio*, nos dice que su moribundo héroe había creído escapar de lo informe pero lo informe había caído de nuevo sobre él, no como lo indistinguible del comienzo del rebaño, sino muy inmediato, más aún, casi tangible, como el caos de una individualización y una disolución que no podía reunirse en una unidad ni con el acecho ni con la rigidez: «el caos demoniaco de cada voz aislada, de cada conocimiento, de cada cosa (...) este caos le asaltaba ahora, a este caos estaba entregado (...). Oh, cada uno está amenazado por las voces indomables y sus tentáculos, por el ramaje de las voces, por las voces de rama que enredándose entre ellas le enredan, que crecen disparadas, cada una por su lado, y volviendo a retorcerse unas en otras, demoniacas en su individualización, voces de segundos, voces de años, voces que se entrelazan en la malla del mundo, en la malla de las edades, incomprensibles e impenetrables en su rugiente mudez».

Al Rimbaud, que, habiendo visionado nuevas lenguas, tenía que enterrar su imaginación, casi lo palpamos cuando Virgilio al final de su vida descubre que penetrar hasta el conocimiento más allá de todo conocimiento es tarea reservada a potencias que se nos escapan, reservada a una fuerza de expresión que dejaría muy atrás cualquier expresión terrena, que atrás dejaría también un lenguaje que debería estar más allá de la maleza de las voces y de todo idioma terreno, un lenguaje que sería más que música, un lenguaje que permitiría al ojo recibir la unidad cognitiva.

Da la impresión Virgilio de estar pensando en una lengua *aún no hallada*, tal vez inalcanzable («escribir es intentar saber qué escribiríamos si escribiéramos», decía Marguerite Duras), pues haría falta una vida sin fin para retener un solo pobre segundo del recuerdo, una vida sin fin para arrojar una sola mirada de un segundo a la profundidad del abismo del idioma.

41) La frase de Georges Perec que Derain me envía en forma de pausa que refresca tras el duro Broch, parodia a Proust y tiene relativa gracia, me limito a transcribirla: «Durante mucho tiempo, me acosté por escrito».

42) Mallarmé es muy directo, apenas da rodeos en *Crise de vers* a la hora de hablar de la imposibilidad de la literatura: «Narrar, enseñar, incluso describir, no presenta ninguna dificultad, y aunque tal vez bastaría con tomar o depositar en silencio una moneda en una mano ajena para intercambiar pensamientos, el empleo elemental del discurso sirve al *reportaje universal* del que participan todos los géneros contemporáneos de escritura, excepto la literatura».

43) Abrumado por tantos soles negros de la literatura, he buscado hace unos instantes recuperar un poco el equilibrio entre el sí y el no, encontrar algún motivo para escribir. He acabado refugiándome en lo primero que me ha venido a la cabeza, unas frases del escritor argentino Fogwill: «Escribo para no ser escrito. Viví escrito muchos años, representaba un relato. Supongo que escribo para escribir a otros, para operar sobre la imaginación, la revelación, el conocimiento de los otros. Quizá sobre el comportamiento literario de los otros».

Después de apropiarme de las palabras de Fogwill —a fin de cuentas, en estas notas a un texto invisible, me dedico yo también a comentar los comportamientos literarios de otros para así poder escribir y no ser escrito—, apago las luces de la sala, enfilo el pasillo tropezando con los muebles, me digo que no queda mucho para que me acueste por escrito.

44) Me gustaría haber creado en el lector la cálida sensación de que acceder a estas páginas es como hacerse socio de un club al estilo del *club de los negocios raros* de Chesterton, donde entre otros servicios el Bartlebys Reunidos —tal sería el nombre de ese club o negocio raro— pondría a disposición de los señores socios algunos de los mejores relatos relacionados con el tema de la renuncia a la escritura.

En el tema del síndrome de Bartleby hay dos relatos indiscutibles, fundadores incluso del síndrome y de la posible poética de éste. Son *Wakefield*, de Nathaniel Hawthorne, y *Bartleby, el escribiente*, de Herman Melville. En estos dos cuentos hay renuncias (a la vida conyugal en el primero, y a la vida en general en el segundo), y aunque esas renuncias no están relacionadas con la literatura, el comportamiento de los protagonistas prefigura los futuros libros fantasmas y otros rechazos a la escritura que no tardarían en inundar la escena literaria.

En esa selección de relatos, junto a los indiscutibles *Wakefield* y *Bartleby* —¿qué habría dado yo para que estos dos sujetos fueran mis mejores amigos—, no deberían faltar, deberían ser puestos a disposición de todos los socios del Bartlebys Reunidos, tres cuentos que a mí me gustan mucho y que a su manera —cada uno de forma muy singular— comentan la aparición de una idea —la de renunciar a escribir— en la vida de los protagonistas.

Estos tres relatos son: *Viaja y no lo escribas*, de Rita Malú; *Petronio*, de Marcel Schwob; *Historia de una historia que no existe*, de Antonio Tabucchi.

45) En *Viaja y no lo escribas* —cuento apócrifo que Robert Derain atribuye a Rita Malú en *Eclipses littéraires* diciendo que pertenece al volumen de relatos *Noches bengalíes tristes*— se nos cuenta que, un día, un extranjero que viajaba por la India entró en un pueblecito, entró en el patio de una casa,

donde vio a un grupo de shaivistas que, sentados en el suelo, con pequeños címbalos en las manos, cantaban, con un ritmo rápido y diabólico, un endemoniado canto de sortilegio que se apoderó del ánimo del extranjero de una forma misteriosa e irresistible.

Había también en ese patio un hombre muy viejo, viejísimo, que saludó al extranjero, quien, distraído por el canto de los shaivistas, se apercibió demasiado tarde de ese saludo. La música era cada vez más endemoniada. El extranjero se dijo que le gustaría que volviera a mirarle aquel hombre viejo. El viejo era un peregrino. Se acabó de pronto la música, y el extranjero se sintió como en éxtasis. El viejo, de repente, volvió a mirar al extranjero, y poco después, lentamente, salió del patio. En esa mirada creyó detectar el extranjero un mensaje especial para él. No sabía qué había querido indicarle el viejo, pero estaba seguro de que era algo importante, esencial.

El extranjero, que era escritor de viajes, acabó entendiendo que el viejo había leído su destino y que, en un primer momento, cuando le saludó, se había regocijado ante el futuro para pasar poco después, tras leer el destino entero, a tener una gran compasión por él. El extranjero entendió entonces que el viejo, con su segunda mirada, le había advertido de un grave peligro, le había querido recomendar que burlara su destino horrible dejando inmediatamente de ser —porque ahí se escondía su futura desgracia— escritor de viajes.

«Se cuenta, es una leyenda de la India moderna —concluye el cuento de Rita Malú—, que aquel extranjero, desde el momento mismo en que fue advertido por la mirada del viejo peregrino, cayó en un estado de total apatía con respecto a la literatura y ya no volvió a escribir libros de viajes ni de ningún otro género, ya no volvió a escribir nunca más. Por si acaso.»

46) El relato *Petronio* se encuentra en *Vidas imaginarias*, de Marcel Schwob, un libro del que Borges —que lo imitó, superándolo— dijo que para su escritura Schwob había inventado el curioso método de que los protagonistas sean reales pero los hechos puedan ser fabulosos y no pocas veces fantásticos. Para Borges, el sabor peculiar de *Vidas imaginarias* se encontraba en ese vaivén, vaivén muy apreciable en *Petronio*, donde este personaje es el mismo que conocemos por los libros de historia, pero del que Schwob nos desmiente que fuera, como siempre se había dicho, un arbitro de la elegancia en la corte de Nerón, o ese hombre que, no pudiendo soportar más las poesías del emperador, se dio muerte en una bañera de mármol mientras recitaba poemas lascivos.

No, el Petronio de Schwob es un ser que nació rodeado de privilegios hasta el punto de que pasó su infancia creyendo que el aire que respiraba había sido perfumado exclusivamente para él. Este Petronio, que era un niño que vivía en las nubes, cambió radicalmente el día en que conoció a un esclavo llamado Siro, que había trabajado en un circo y que empezó a enseñarle cosas desconocidas, le puso en contacto con el mundo de los gladiadores bárbaros y de los charlatanes de feria, con hombres de mirada oblicua que parecían espiar las verduras y descolgaban las reses, con niños de cabellos rizados que acompañaban a senadores, con viejos parlanchines que discutían en las esquinas los asuntos de la ciudad, con criados lascivos y rameras advenedizas, con vendedores de frutas y dueños de posadas, con poetas miserables y sirvientas pícaras, con sacerdotisas equívocas y con soldados errantes.

La mirada de Petronio —que Schwob nos dice que era bizca— comenzó a captar exactamente los modales y las intrigas de todo ese populacho. Siro, para redondear su labor, le contó, a las puertas de la ciudad y entre las tumbas, historias de hombres que eran serpientes y cambiaban de piel, le contó todas las historias que conocía de negros, sirios y taberneros.

Un día, cuando ya tenía treinta años, Petronio decidió escribir las historias que le habían sugerido sus incursiones en el mundo de los bajos fondos de su ciudad. Escribió dieciséis libros de su invención y, cuando los hubo terminado, se los leyó a Siro, que se rió como un loco y no paraba de aplaudir. Entonces Siro y Petronio concibieron el proyecto de llevar a cabo las aventuras compuestas por éste, trasladarlas de los pergaminos a la realidad. Petronio y Siro se disfrazaron y huyeron de la ciudad, comenzaron a recorrer los caminos y a vivir las aventuras que había escrito Petronio, que renunció para siempre a la escritura desde el momento mismo en que comenzó a vivir la vida que había imaginado. Dicho de otra forma: si el tema del *Quijote* es el del soñador que se atreve a convertirse en su sueño, la historia de Petronio es la del escritor que se atreve a vivir lo que ha escrito, y por eso deja de escribir.

47) En *Historia de una historia que no existe* (que pertenece al volumen de Tabucchi *Los volátiles del Beato Angélico*) se nos habla de uno de esos libros fantasmas tan valorados por los bartlebys, por los escritores del No.

«Tengo una novela ausente que tiene una historia que quiero contar», nos dice el narrador. Se trata de una novela que se había llamado *Cartas al capitán Nemo* y que posteriormente cambió su título por *Nadie detrás de la puerta*, una novela que nació en la primavera de 1977 durante quince días de vida campestre y de arrobamiento en un pueblecito cerca de Siena.

Terminada la novela, el narrador cuenta que la envió a un editor que la rechazó por considerarla poco accesible y muy difícil de descifrar. Entonces el narrador decidió guardarla en un cajón para dejarla reposar un poco («porque la oscuridad y el olvido les sientan bien a las historias, creo»). Unos años después, casualmente, la novela vuelve a las manos del narrador, y el hallazgo le causa una extraña impresión a éste, porque en realidad ya la había del todo olvidado: «Surgió de pronto en la oscuridad de una cómoda, bajo una masa de papeles, como un submarino que emergiera de oscuras profundidades».

El narrador lee en esto casi un mensaje (la novela hablaba también de un submarino), y siente la necesidad de añadir a su viejo texto una nota conclusiva, retoca algunas frases y la envía a un editor distinto del que, años antes, había considerado el texto difícil de descifrar. El nuevo editor acepta publicarla, el narrador promete entregar la versión definitiva a la vuelta de un viaje a Portugal. Se lleva el manuscrito a una vieja casa a la orilla del Atlántico, concretamente a una casa «que se llamaba —nos dice— São José de Guía», donde vive solo, en compañía del manuscrito, y se dedica por las noches a recibir las visitas de fantasmas, no de sus fantasmas, sino de fantasmas de verdad.

Llega septiembre con marejadas furiosas, y el narrador sigue en la vieja casa, sigue con su manuscrito, sigue solo —frente a la casa hay un acantilado—, pero recibiendo de noche las visitas de los fantasmas que buscan contactos y con los que a veces sostiene diálogos imposibles: «aquellas presencias tenían el deseo de hablar, y yo estuve escuchando sus historias, intentando descifrar comunicaciones a menudo alteradas, oscuras e inconexas; eran historias infelices, en su mayoría, esto lo percibí con claridad».

Así, entre diálogos silenciosos, llega el equinoccio de otoño. Ese día sobre el mar se abate una borrasca, lo siente mugir desde el alba; por la tarde, una fuerza enorme sacude sus vísceras; por la noche, gruesas nubes descienden por el horizonte y la comunicación con los fantasmas queda interrumpida, tal vez porque aparece el manuscrito o libro fantasma, con su submarino y todo. El océano grita de un modo insoportable, como si estuviera lleno de voces y lamentos. El narrador se planta ante el acantilado, lleva consigo la novela submarina, de la que nos dice —en una línea magistral del arte bartleby de los libros fantasmas— que la entrega al viento, página a página.

48) Wakefield y Bartleby son dos personajes solitarios íntimamente relacionados, y al mismo tiempo el primero está relacionado, también íntimamente, con Walser, y el segundo con Kafka.

Wakefield —ese hombre inventado por Hawthorne, ese marido que se aleja de repente y sin motivo de casa y de su mujer y vive durante veinte años (en una calle próxima, para todos desconocido, pues le creen muerto) una existencia solitaria y despojada de cualquier significado— es un claro antecedente de muchos de los personajes de Walser, todos esos espléndidos ceros a la izquierda que quieren desaparecer, sólo desaparecer, esconderse en la anónima irrealidad.

En cuanto a Bartleby, es un claro antecedente de los personajes de Kafka —«Bartleby (ha escrito Borges) define ya un género que hacia 1919 reinventaría y profundizaría Kafka: el de las fantasías de la conducta y del sentimiento»—, y es también precedente incluso del propio Kafka, ese escritor solitario que veía que la oficina en la que trabajaba significaba la vida, es decir, su muerte; ese solitario «en medio de un despacho desierto», ese hombre que paseó por toda Praga su existencia de murciélago de abrigo y de bombín negro.

Hablar —parecen indicarnos tanto Wakefield como Bartleby— es pactar con el sinsentido del existir. En los dos habita una profunda negación del mundo. Son como ese Odradek kafkiano que no tiene domicilio fijo y vive en la escalera de un padre de familia o en cualquier otro agujero.

No todo el mundo sabe, o quiere aceptar, que Herman Melville, el creador de Bartleby, *tenía la negra* con más frecuencia de lo deseable. Veamos lo que de él dice Julian Hawthorne, el hijo del creador de Wakefield: «Melville poseía un genio clarísimo y era el ser más extraño que jamás llegó a nuestro círculo. A pesar de todas sus aventuras, tan salvajes y temerarias, de las que sólo una ínfima parte ha quedado reflejada en sus fascinantes libros, había sido incapaz de librarse de una conciencia puritana (...). Estaba siempre inquieto y raro, rarísimo, y tendía a pasar *horas negras,* hay motivos para pensar que había en él vestigios de locura».

Hawthorne y Melville, fundadores sin saberlo de las horas negras del arte del No, se conocieron, fueron amigos, y se admiraron mutuamente. Hawthorne también fue un puritano, incluso en su reacción agresiva contra algunos aspectos del puritanismo. Y también fue un hombre inquieto y raro, rarísimo. Nunca fue, por ejemplo, un hombre de iglesia, pero se sabe que en sus años de solitario iba hasta su ventana para observar a las personas que iban al templo, y se ha dicho que su mirada resumía la breve historia de la Sombra a lo largo del arte del No. Su visión estaba ensombrecida por la terrible doctrina calvinista de la predestinación. Éste es el lado de Hawthorne que tanto fascinaba a Melville, quien para elogiarlo habló del *gran poder de la negrura*, ese lado nocturno que existe también en el propio Melville.

Melville estaba convencido de que en la vida de Hawthorne había algún secreto jamás revelado, responsable de los pasajes *negros* de sus obras, y es curioso que pensara algo así si tenemos en cuenta que tales imaginaciones eran precisamente muy propias de él mismo, que fue un hombre de conducta más que negra a partir, sobre todo, del momento en que comprendió que, tras sus primeros y celebrados grandes éxitos literarios —fue confundido con un periodista, con un reportero marítimo—, no le cabía más que esperar un continuo fracaso como escritor.

Es curioso, pero tanto hablar del síndrome de Bartleby y yo aún no había comentado en estas notas que Melville tuvo el síndrome antes de que su personaje existiera, lo que podría llevarnos a pensar que tal vez creó a Bartleby para describir su propio síndrome.

Y también es curioso observar cómo, después de tantas páginas de este diario —que, por cierto, cada vez me está aislando más del mundo exterior y me va convirtiendo en un fantasma: los días en que doy breves vueltas por el barrio adopto sin querer un aire a lo Wakefield, como si tuviera mujer y ésta me creyera muerto y yo siguiera viviendo al lado de su casa escribiendo este cuaderno y espiándola a ella de vez en cuando, espiándola, por ejemplo, cuando hace la compra—, apenas había dicho algo hasta ahora acerca del fracaso literario como causa directa de la aparición del Mal, de la enfermedad, del síndrome, de la renuncia a continuar escribiendo. Pero es que el caso de los fracasados, si lo pensamos bien, no tiene mayor interés, es demasiado obvio, no hay ningún mérito en ser un escritor del No porque has fracasado. El fracaso arroja excesiva luz y demasiada poca sombra de misterio a los casos de quienes renuncian a escribir por un motivo tan vulgar.

Si el suicidio es una decisión de una complejidad tan excesivamente radical que a la larga se convierte en una decisión en realidad simplicísima, dejar de escribir porque uno ha fracasado me parece de una simplicidad aún más abrumadora, aunque de entre las excepciones de casos de fracasados que estoy dispuesto a mencionar se encuentra, por supuesto, el caso de Melville, ya que tiene derecho a lo que quiera (puesto que inventó la sencilla, pero complejísima a la vez, sutil rendición de Bartleby, personaje que nunca optó por la grosera línea recta de la muerte por propia mano, y menos aún por el llanto y deserción ante el fracaso; no, Bartleby, ante la idea del fracaso, se rindió de una forma estupenda, nada de suicidios ni amarguras interminables, se limitó a comer bizcochos, que era lo único que le permitía seguir prefiriendo «no hacerlo»), a Melville le perdono todo.

Se puede sintetizar la historia del relativo (relativo porque se inventó otro fracaso, el de Bartleby, y así se quedó tranquilo) desastre de la carrera literaria de Melville del siguiente modo: tras sus primeros cuentos de aventuras, que tuvieron gran éxito porque fue confundido con un mero cronista de la vida marítima, la aparición de *Mardi* desconcertó totalmente a su público, pues era una novela —todavía hoy lo es— bastante ilegible, pero cuya línea argumental anticipa obras futuras de Kafka: se trata de una infinita persecución por un mar infinito. *Moby Dick*, en 1851, alarmó a casi todos los que se tomaron la molestia de leerlo. *Pierre o las ambigüedades* disgustó enormemente a los críticos y *The Piazza Tales* (donde al final quedó incluido el relato *Bartleby*, que tres años antes había sido publicado en una revista sin que él lo firmara) pasó inadvertido.

Fue en 1853 cuando Melville, que contaba sólo treinta y cuatro años, llegó a la conclusión de que había fracasado. Mientras se le había visto como cronista de la vida marítima, todo había ido bien, pero cuando comenzó a producir obras maestras, el público y la crítica le condenaron al fracaso con la absoluta unanimidad de las ocasiones erróneas.

En 1853, viendo su fracaso, escribió *Bartleby, el escribiente*, relato que contenía el antídoto de su depresión y que sería el germen de los futuros movimientos que él iba a realizar y que, tres años más tarde, desembocarían en *The Confidence Man*, la historia de un estafador muy especial (que el tiempo iba a emparentar con Duchamp), y un catálogo bárbaro de imágenes ásperas y sombrías que, publicado en 1857, iba a ser la última obra en prosa que daría a las prensas.

Melville murió en 1891, olvidado. Durante esos últimos treinta y cuatro años escribió un largo poema, recuerdos de viajes y, poco antes de su muerte, la novela *Billy Bud*, una obra maestra más —la historia prekafkiana de un proceso: la de un marino condenado a muerte injustamente, condenado como si tuviera que expiar el pecado de haber sido joven, brillante e inocente—, una obra maestra que no se publicaría hasta treinta y tres años después de su muerte.

Todo lo que escribió en los treinta y cuatro últimos años de su vida fue hecho de un modo bartlebyano, con un ritmo de baja intensidad, como prefiriendo no hacerlo y en un claro movimiento de rechazo al mundo que le había rechazado. Cuando pienso en ese movimiento suyo de rechazo, me acuerdo de unas palabras de Maurice Blanchot en torno a todos aquellos que, a su debido tiempo, supieron rechazar la apariencia amable de una comunicación achatada, casi siempre vacía, tan en boga —dicho sea de paso— en los literatos de hoy en día: «El movimiento de rechazar es difícil y raro, aunque idéntico en cada uno de nosotros desde el momento en que lo hemos captado. ¿Por qué difícil? Es que hay que rechazar no sólo lo peor, sino una apariencia razonable, una solución que se diría feliz».

Cuando Melville dejó de buscar cualquier solución feliz y dejó de pensar en publicar, cuando decidió actuar como esos seres que «prefieren no hacerlo», se pasó años buscando —para sacar adelante a su familia— un empleo, cualquier empleo. Cuando por fin lo encontró —y eso no fue hasta 1866—, su destino fue a coincidir precisamente con el de Bartleby, su extraña criatura.

Vidas paralelas. Durante los últimos años de su vida, Melville, al igual que Bartleby, «última columna de un templo en ruinas», trabajó de oficinista en un destartalado despacho de la ciudad de Nueva York.

Imposible no relacionar esa oficina del inventor de Bartleby con la de Kafka y con aquello que éste le escribió a Felice Bauer diciéndole que la literatura le excluía de la vida, es decir, de la oficina. Si estas dramáticas palabras siempre me han hecho reír —y más hoy, que estoy de buen humor y me acuerdo de Montaigne, que decía que nuestra peculiar condición es que estamos tan hechos para que se rían de nosotros como para reír—, otras palabras de Kafka, también dirigidas a Felice Bauer y menos célebres que las anteriores, aún me hacen reír más, muchas veces las evocaba cuando estaba en mi oficina y así conseguía salir adelante sin angustiarme cuando la angustia aparecía: «Querida, hay que pensar en ti en todas partes, por eso te escribo sobre la mesa de mi jefe, al cual estoy representando en estos momentos».

49) Richard Ellman, en su biografía sobre Joyce, describe esta escena que parece salida del teatro del No:

«Joyce tenía entonces cincuenta años, y Beckett veintiséis. Beckett era adicto a los silencios, y también Joyce; entablaban conversaciones que a menudo consistían sólo en un intercambio de silencios, ambos impregnados de tristeza, Beckett en gran parte por el mundo, Joyce en gran parte por sí mismo. Joyce estaba sentado en su postura habitual, las piernas cruzadas, la puntera de la pierna de encima bajo la canilla de la de abajo; Beckett, también alto y delgado, adoptaba la misma postura. Joyce de pronto preguntaba algo parecido a esto:

»—¿Cómo pudo el idealista Hume escribir una historia?

»Beckett replicaba:

»—Una historia de las representaciones».

50) Al gran poeta catalán J. V. Foix lo espiaba yo en su pastelería del barrio de Sarrià, en Barcelona. Le encontraba siempre detrás del *taulell*, junto a la caja registradora, desde

allí el poeta parecía estar supervisando el universo de los pasteles. Cuando le hicieron un homenaje en la universidad, estuve entre el numeroso público, tenía ganas de oírle hablar por fin, pero Foix apenas dijo nada ese día, se limitó a confirmar que su obra estaba clausurada. Recuerdo que aquello me intrigó mucho, posiblemente ya se estaban gestando estas notas a pie de página, este cuaderno sobre renuncias a la escritura; yo me preguntaba cómo podía saber Foix que su obra estaba ya cerrada, cuándo se puede saber una cosa así. Y también me preguntaba qué hacía si no escribía ya, él, que había escrito siempre. Además, yo le admiraba, había sido toda la vida un entusiasta de su poesía, de ese lenguaje lírico que, recogiendo la tradición y avanzando en la modernidad (*«m'exalta el nou, m'enamora el vell»*, me exalta lo nuevo, me enamora lo viejo), había actualizado la capacidad creativa de la lengua catalana. Yo le admiraba y necesitaba que siguiera escribiendo versos, y me entristecía pensar que la obra estaba clausurada y que probablemente el poeta había decidido esperar a la muerte. Aunque no me consoló, un texto de Pere Gimferrer en la revista *Destino* me orientó. Comentando que la obra de Foix estaba clausurada para siempre, decía Gimferrer: «Pero en los ojos (de Foix), más serenada, late la misma chispa: un fulgor visionario, ahora secreto en su lava oculta (...) Más allá de lo inmediato, se presiente un sordo rumor de océanos y abismos: Foix sigue por las noches soñando poemas, aunque no los escriba ya».

Poesía no escrita, pero sí vivida por la mente: un final bellísimo para alguien que deja de escribir.

51) Siempre fue una vieja aspiración de Oscar Wilde, expresada en *El crítico artista,* «no hacer absolutamente nada, que es la cosa más difícil del mundo, la más difícil y la más intelectual».

En París, en los dos últimos años de su vida, gracias nada menos que a sentirse aniquilado moralmente, pudo hacer realidad su vieja aspiración de no hacer nada. Porque, en los dos últimos años de su vida, Wilde no escribió, decidió dejar de hacerlo para siempre, conocer otros placeres, conocer la sabia alegría de no hacer nada, dedicarse a la extrema vagancia y al ajenjo. El hombre que había dicho que «el trabajo es la maldición de las clases bebedoras» huyó de la literatura como de la peste y se dedicó a pasear, beber y, en muchas ocasiones, a la contemplación dura y pura.

«Para Platón y Aristóteles —había escrito—, la inactividad total siempre fue la más noble forma de la energía. Para las personas de la más alta cultura, la contemplación siempre ha sido la única ocupación adecuada al hombre.»

También había dicho que «el elegido vive para no hacer nada», y así fue como vivió sus dos últimos años de vida. A veces recibía la visita de su fiel amigo Frank Harris —su futuro biógrafo—, que, asombrado ante la actitud de absoluta vagancia de Wilde, solía comentarle siempre lo mismo:

—Ya veo que sigues sin dar golpe...

Una tarde, Wilde le contestó:

—Es que la laboriosidad es el germen de toda fealdad, pero no he dejado de tener ideas y, es más, si quieres te vendo una.

Por cincuenta libras le vendió aquella tarde a Harris el esquema y el argumento de una comedia que éste rápidamente escribió y, también muy velozmente, con el título de *Mr. And Mrs. Daventry* estrenó en el Royalty Theatre de Londres, un 25 de octubre de 1900, apenas un mes antes de la muerte de Wilde en su cuartucho del Hotel d'Alsace de París.

Antes del día del estreno y también en los días que siguieron a éste, a lo largo de su último mes de vida, Wilde entendió que una extensión de su felicidad podía darse —la obra en Londres estaba teniendo un gran éxito— en la sistemática petición de más royalties por la obra estrenada en el Royalty, de modo que se dedicó a mortificar a Harris con toda clase de mensajes —por ejemplo: «Usted no sólo me ha robado la obra, sino que la (me) ha arruinado, así que quiero cincuenta libras más», hasta que se murió en su cuartucho de hotel.

A su muerte, un periódico parisino recordó muy oportunamente unas palabras de Wilde: «Cuando no conocía la vida, escribía; ahora que conozco su significado, no tengo nada más que escribir».

Esa frase encaja muy bien con el final de Wilde. Se murió tras pasar dos años de gran felicidad, sin sentir la más mínima necesidad de escribir, de añadir algo más a lo ya escrito. Es muy probable que, al morirse, alcanzara la plenitud en lo desconocido y descubriera qué era exactamente no hacer nada y por qué era en verdad lo más difícil del mundo y lo más intelectual.

Cincuenta años después de su muerte, por esas mismas calles del Quartier Latin que él había recorrido con extrema vagancia en su radical abandono de la literatura, aparecía en un muro, a cien metros del Hotel d'Alsace, el primer signo de vida del movimiento radical del *situacionismo*, la primera irrupción pública de unos agitadores sociales que en su *deriva* vital iban a gritar No a cuanto se les pusiera por delante, y lo iban a gritar dominados por las nociones de desamparo y desarraigo, pero también de felicidad, que habían movido los hilos últimos de la vida de Wilde.

Ese primer signo de vida situacionista fue una pintada, a cien metros del Hotel d'Alsace. Se ha dicho que pudo ser un homenaje a Wilde. La pintada, escrita por quienes, al dictado de Guy Debord, no tardarían en proponer que se abrieran al tráfico andante los tejados de las grandes ciudades, decía así: «No trabajéis nunca».

52) Julio Ramón Ribeyro —escritor peruano, walseriano en su discreción, siempre escribiendo como de puntillas para no tropezar con su pudor o no tropezar, porque nunca se sabe, con Vargas Llosa— albergó siempre la sospecha, que fue haciéndose convicción, de que hay una serie de libros que forman parte de la historia del No, aunque no existan. Estos libros fantasmas, textos invisibles, serían esos que un día llaman a nuestra puerta y, cuando nosotros acudimos a recibirles, por un motivo a menudo fútil, se desvanecen; abrimos la puerta y ya no están, se han ido. Seguramente era un gran libro, el gran libro que estaba dentro de nosotros, el que realmente nosotros estábamos destinados a escribir, *nuestro libro*, el mismo que no vamos a poder ya escribir ni leer nunca. Pero ese libro, que nadie lo dude, existe, está como suspendido en la historia del arte del No.

«Leyendo hace poco a Cervantes —escribe Ribeyro en *La tentación del fracaso*—, pasó por mí un soplo que no tuve tiempo de captar (¿por qué?, alguien me interrumpió, sonó el teléfono, no sé) desgraciadamente, pues recuerdo que me sentí impulsado a comenzar algo... Luego todo se disolvió. Guardamos todos un libro, tal vez un gran libro, pero que en el tumulto de nuestra vida interior rara vez emerge o lo hace tan rápidamente que no tenemos tiempo de arponearlo.»

53) Henry Roth nació en 1906 en una aldea de Galitzia (entonces perteneciente al imperio austrohúngaro) y murió en los Estados Unidos en 1995. Sus padres emigraron a América y pasó su infancia de niño judío en Nueva York, experiencia que relató en una espléndida novela, *Llámala sueño*, publicada a los veintiocho años.

La novela pasó desapercibida y Roth decidió dedicarse a otras cosas, trabajó en oficios tan dispares como ayudante de fontanero, enfermero de manicomio o criador de patos.

Treinta años después, *Llámalo sueño* se reeditó y, en pocas semanas, se convirtió en una pieza clásica de la literatura norteamericana. Roth se quedó pasmado, y su reacción ante el éxito consistió en tomar la decisión de publicar algún día algo más, siempre y cuando él sobrepasara de largo la edad de ochenta años. Superó de largo esa edad, y entonces, treinta años después del éxito de la reedición de *Llámalo sueño*, dio a la imprenta *A merced de una corriente salvaje*, que los editores, dada la imponente extensión de la novela, dividieron en cuatro entregas.

«He escrito mi novela —dijo al final de sus días— sólo para rescatar recuerdos raídos que brillaban suavemente en mi memoria.»

Se trata de una novela escrita «para hacer que sea más fácil morir» y donde se burla, de una forma genial, del reconocimiento artístico. Sus mejores páginas tal vez sean aquellas en las que nos cuenta sus experiencias en las afueras de la literatura —esas páginas ocupan prácticamente la novela entera, como es lógico—, todo esos años, casi ochenta, en los que no se sabe si escribió, pero en todo caso no publicó, todos esos años en los que se olvidó de los afluentes del río de la literatura y se dejó llevar por la corriente salvaje de la vida.

54) La muerte de la persona amada no sólo engendra lilas, engendra también poetas del No. Como Juan Ramón Jiménez. Puerto Rico, primavera de 1956. Juan Ramón se había pasado la vida creyendo que se iba a morir inmediatamente. Cuando le decían: «Hasta mañana», solía responder: «¿Mañana? ¿Y dónde estaré yo mañana?». Sin embargo, cuando tras despedirse de esta forma se quedaba solo y se iba a su casa, permanecía en ella tranquilo y se ponía a ver sus papeles y sus cosas. Sus amigos decían que oscilaba entre la idea de que se podía morir como su padre mientras dormía —a él le habían

despertado sacudiéndole para darle la noticia— y la idea de que físicamente no le ocurría nada. Él mismo describió este aspecto de su personalidad como «aristocracia de intemperie».

Se había pasado la vida creyendo que se iba a morir inmediatamente, pero nunca se le ocurrió pensar que primero iba a morirse Zenobia, su mujer, su amante, su novia, su secretaria, sus manos para todo lo práctico («su peluquero», se ha llegado a decir de ella), su chófer, su alma.

Puerto Rico, primavera de 1956. Zenobia regresa de Boston para morir al lado de Juan Ramón. Ha luchado durante dos años con coraje contra un cáncer, pero le han aplicado un tratamiento radiológico excesivo y le han quemado la matriz. Su llegada a San Juan, sin que ella lo sepa, coincide con la de unos periodistas suecos que saben ya que el Premio Nobel de ese año va a ser otorgado al poeta español. El corresponsal de un periódico sueco en Nueva York pide a Estocolmo que adelante la concesión del premio para dárselo a conocer a Zenobia antes de morir. Pero cuando ella se entera, ya no puede hablar. Susurra una canción de cuna —se ha dicho que su voz recordó el tenue crujido del papel— y al día siguiente muere.

Juan Ramón, premio Nobel, se queda como un inválido. La canción de cuna ha taladrado su aristocracia a la intemperie. Cuando tras el entierro le devuelvan a su casa, la sirvienta —que todavía vive, tiene más de noventa años, y se acuerda perfectamente bien de todo aquello, lo cuenta hoy en día en San Juan a quien le pregunte por ello— será testigo de un comportamiento enloquecido, antesala de la conversión de Juan Ramón al arte del No.

Todo el trabajo que Zenobia había hecho ordenando sabiamente la obra de su marido, todo ese trabajo de muchos años, toda esa labor grandiosa y paciente de enamorada fiel hasta la muerte, se viene abajo cuando Juan Ramón lo revuelve todo, desesperado, y lo arroja al suelo y lo pisotea con furia. Muerta Zenobia, ya no le interesa nada su obra. Caerá, a partir de ese día, en un silencio literario absoluto, ya no escribirá nunca más. Ya sólo vivirá para pisotear a fondo, como un animal herido, su propia obra. Ya sólo vivirá para decirle al mundo que sólo le interesó escribir porque vivía Zenobia. Muerta ésta, muerto todo. Ni una sola línea más, sólo silencio animal de fondo. Y al fondo del fondo, una inolvidable frase de Juan Ramón —no sé cuándo la dijo, pero lo que es seguro es que la dijo— para la historia del No: «Mi mejor obra es el arrepentimiento de mi obra».

55) ¿Recordáis cómo era la risa de Odradek, el objeto más objetivo que Kafka puso en su obra? La risa de Odradek era como «el susurro de las hojas caídas». ¿Y recordáis cómo era la risa de Kafka? Gustav Janouch, en su libro de conversaciones con el escritor de Praga, nos dice que éste se reía «por lo bajo de esa manera tan suya, tan propia, que recordaba el tenue crujido del papel».

No puedo demorarme ahora comparando la canción de cuna de Zenobia con la risa de Kafka o la de su criatura Odradek porque algo acaba de llamar con urgencia mi atención, y es esa advertencia que le hace Kafka a Felice Bauer de que si se casara con ella, él podría convertirse en un artista dominado por la pulsión negativa, en un perro, para ser más exactos, en un animal condenado eternamente al mutismo: «Mi verdadero miedo consiste en que jamás podré poseerte. Que en el mejor de los casos me veré limitado, como un perro inconscientemente fiel, a besar tu mano que, distraídamente, habrás dejado a mi alcance, lo cual no será, por mi parte, una señal de amor, sino un signo de la desesperación del animal *eternamente condenado al mutismo* y a la distancia».

Kafka siempre logra sorprenderme. Hoy, en este domingo primero de agosto, domingo húmedo y silencioso, Kafka de nuevo ha logrado inquietarme y ha reclamado con gran urgencia mi atención al sugerirme en su escrito que eso de casarse conlleva una condena al mutismo, a engrosar las filas del No y, lo que es más llamativo, a ser un perro.

He tenido que interrumpir, hace un rato, mi diario, porque he sido alcanzado por un fuerte dolor de cabeza, por el mal de Teste, que diría Valéry. Es muy probable que la irrupción de este dolor se haya debido al *ejercicio de atención* al que me ha sometido Kafka con su teoría inesperada sobre el arte del No.

No estará de más recordar aquí que Valéry nos dio a entender que el mal de Teste se relaciona de alguna manera muy compleja con la facultad intelectual de la atención, lo que no deja de ser una intuición notable.

Es posible que el ejercicio de atención que me ha llevado a evocar la figura de un perro, haya tenido que ver con mi mal de Teste. Ya recuperado del mismo, pienso en mi dolor ya superado, y me digo que se vive una sensación muy placentera cuando desaparece el mal, pues uno entonces asiste de nuevo a una representación del día en que, por primera vez, nos sentimos vivos, fuimos conscientes de que éramos un ser humano, nacido para la muerte, pero vivo en aquel instante.

Después de todo el tiempo en que he sido prisionero del dolor, no he podido dejar de pensar en un texto de Salvador Elizondo que leí hace tiempo y en el que el escritor mexicano habla del mal de Teste y de ese gesto, a veces inconsciente, de llevarse la mano a la sien, reflejo anodino del paroxismo.

Desaparecido el dolor, he buscado en mis archivos el viejo texto de Elizondo, lo he releído, me ha parecido —después de una lectura totalmente nueva— dar con una interpretación del mal de Teste que se podría aplicar perfectamente a la historia misma de la irrupción del mal, de la enfermedad, de la pulsión negativa de la única tendencia atractiva de la literatura contemporánea. Hablándonos de la migraña, de la cuña de metal ardiente en nuestra cabeza, Elizondo sugiere que el dolor convierte nuestra mente en un teatro y viene a decirnos que lo que parece una catástrofe es una danza, una delicada construcción de la sensibilidad, una forma especial de la música o de la matemática, un rito, una iluminación o una cura, y desde luego un misterio que solamente puede ser esclarecido con la ayuda del diccionario de sensaciones.

Todo esto puede aplicarse a la aparición del mal en la literatura contemporánea, pues la enfermedad no es catástrofe sino danza de la que podrían estar ya surgiendo nuevas construcciones de la sensibilidad.

56) Hoy lunes, al salir el sol esta mañana, me he acordado de Michelangelo Antonioni, que un día tuvo la idea de realizar una película mientras miraba «a la maldad y a la gran capacidad irónica —dijo— del sol».

Poco antes de su decisión de mirar al sol, a Antonioni le habían rondado por la cabeza estos versos (dignos de cualquier rama noble del arte de la negativa) de MacNeice, el gran poeta de Belfast, hoy medio olvidado: «Pensad en un número, / duplicadlo, triplicadlo, / elevadlo al cuadrado. Y canceladlo».

Antonioni tuvo claro desde el primer momento que estos versos podían convertirse en el núcleo de un film dramático pero con toques ligeramente humorísticos. Luego pensó en otra cita —ésta de Bertrand Russell—, también cargada de cierto acento cómico: «El número dos es una entidad metafísica de cuya existencia no estaremos nunca realmente seguros ni de si la hemos individualizado».

Todo eso condujo a Antonioni a pensar en una película que se llamaría *El eclipse*, que hablaría de cuando los sentimientos de una pareja se detienen, se eclipsan (como, por ejemplo, se eclipsan los escritores que de pronto abandonan la literatura) y toda su antigua relación se desvanece.

Como por aquellos días se había anunciado un eclipse total de sol, se fue a Florencia, donde vio y filmó el fenómeno y escribió en su diario: «Se ha ido el sol. De repente, hielo. Un silencio diferente de los demás silencios. Y una luz distinta de todas las demás luces. Y después, la oscuridad. Sol negro de nuestra cultura. Inmovilidad total. Todo lo que consigo llegar a pensar es que durante el eclipse probablemente se detengan también los sentimientos».

El día en que se estrenó *El eclipse* dijo haberse quedado para siempre con la duda de si no habría tenido que encabezar su película con estos dos versos de Dylan Thomas: «Alguna certeza debe existir, / si no de amar, al menos de no amar».

Me parece que para mí, rastreador del No y de los eclipses literarios, los versos de Dylan Thomas son bien fáciles de modificar: «Alguna certeza debe existir, / si no de escribir, al menos de no escribir».

57) Me acuerdo muy bien de Luis Felipe Pineda, un compañero del colegio, como también me acuerdo de su «archivo de poemas abandonados».

A Pineda le recordaré siempre la tarde gloriosa de febrero de 1963 en la que, desafiante y dandy, como buscando convertirse en el dictador de la moda y de la moral escolar, entró en el aula con la bata no abotonada del todo.

Odiábamos en silencio los uniformes y más aún ir abotonados hasta el cuello, de modo que un gesto tan osado como aquél fue importante para todos, sobre todo para mí, que descubrí, además, algo que iba a ser importante en mi vida: la informalidad.

Sí, aquel gesto osado de Pineda me quedó grabado para siempre en la memoria. Para colmo, ningún profesor tomó cartas en el asunto, nadie se atrevió a reprender a Pineda, el recién llegado, «el nuevo» le llamábamos, porque había entrado en el colegio a mitad de curso. Nadie le castigó, y eso confirmó lo que se había convertido ya en un secreto a voces: la distinguida familia de Pineda, con sus limosnas exageradas, tenía un gran predicamento entre la cúpula directiva de la escuela.

Entró Pineda aquel día en clase —estábamos en sexto de bachillerato— proponiendo un nuevo modo de llevar la bata y la disciplina, y todos quedamos maravillados, muy especialmente yo, que tras aquel osado gesto quedé medio enamorado, encontraba a Pineda guapo, distinguido, moderno, inteligente, atrevido y —lo que quizás era lo más importante de todo— de modales extranjeros.

Al día siguiente, confirmé que él era distinto en todo. Estaba mirándole medio de reojo cuando me pareció observar que en su rostro había algo muy especial, una expresión extrañamente segura e inteligente: inclinado sobre su trabajo con atención y carácter, no parecía un alumno haciendo sus deberes, sino un investigador dedicado a sus propios problemas. Era, por otra parte, como si en aquel rostro hubiera algo femenino. Durante un instante no me pareció ni masculino ni infantil, ni viejo, ni joven, sino milenario, fuera del tiempo, marcado por otras edades diferentes de las que nosotros teníamos.

Me dije que tenía yo que convertirme en su sombra, ser su amigo y contagiarme de su distinción. Una tarde, al salir de la escuela, esperé a que todos los otros se dispersaran y, venciendo como pude mi timidez y mi complejo de inferioridad (provocado esencialmente por la joroba, que llevaba a todos los compañeros a conocerme familiarmente por *el geperut*, el jorobado), me acerqué a Pineda y le dije:

—¿Vamos un rato juntos?

—¿Por qué no? —dijo reaccionando con naturalidad y aplomo, e incluso me pareció que de forma afectuosa.

Pineda no dejaba de ser el único de la clase que no me llamaba nunca *geperut* o *geperudet*, que aún era peor. Sin preguntarle por qué tenía ese detalle conmigo, me lo aclaró al decirme de repente —nunca se me olvidarán aquellas palabras— en un tono firme y enormemente seguro de sí mismo:

—Nadie me merece más respeto que quien sufre alguna desventaja física.

Hablaba como una persona mayor o, mejor dicho, mucho mejor que una persona mayor, ya que lo hacía con nobleza y sin tapujos. Nadie me había hablado hasta entonces de aquella forma y recuerdo que estuve un rato en silencio y él también hasta que de pronto me preguntó:

—¿Qué clase de música escuchas? ¿Estás al día?

Se rió tras preguntar esto, y lo hizo de una manera inesperadamente vulgar, como si fuera un príncipe hablando con un campesino y se esforzara en parecerse a éste.

—¿Y qué es, para ti, estar al día? —le pregunté.

—No estar anticuado, así de sencillo. Y a ver, dime, ¿tienes lecturas?

No podía contestarle la verdad porque iba a hacer el ridículo, mis lecturas eran un desastre, del que era más o menos consciente, como lo era también de que me convenía que alguien me echara una mano en ese apartado. No podía decirle la verdad sobre mis lecturas porque tenía entonces que explicarle que andaba buscando amor y que por eso leía *Amor. El diario de Daniel*, de Michel Quoist. Y en cuanto a la música, otro tanto: no podía decirle que escuchaba sobre todo a Mari Trini, ya que me gustaban las letras de sus canciones: «¿Y quién, a sus quince años, no ha dejado su cuerpo abrazar? ¿Y quién no escribió un poema huyendo de su soledad?».

—Escribo poesía de vez en cuando —dije, ocultando que a veces la escribía inspirado por temas de Mari Trini.

—¿Y qué clase de poesía?

—Ayer escribí una que titulé *Soledad a la intemperie.*

Volvió a reírse como si fuera un príncipe hablando con un campesino y se esforzara en ser un poco como éste.

—Yo, los poemas que escribo, nunca los termino —dijo—. Es más, no paso nunca del primer verso. Ahora, eso sí, tengo, como mínimo, cincuenta escritos. O sea, cincuenta poemas abandonados. Si quieres, ven ahora a casa y te los enseño. No los termino, pero, aun suponiendo que los acabara, nunca hablarían de la soledad, la soledad es para adolescentes cursis y temblorosos, no sé si lo sabías. La soledad es un tópico. Ven a casa y te enseñaré lo que escribo.

—Y ahora dime, ¿por qué no terminas los poemas? —le preguntaba, una hora más tarde, ya en su casa.

Estábamos los dos a solas en su espacioso cuarto, yo todavía impresionado por el exquisito trato que acababa de recibir de los no menos exquisitos padres de Pineda.

No me contestó, se había quedado como ausente, miraba hacia la ventana cerrada que poco después abriría para que pudiéramos fumar.

—¿Por qué no terminas los poemas? —volví a preguntar.

—Mira —me dijo, finalmente reaccionando—, ahora vamos tú y yo a hacer una cosa. Vamos a fumar. ¿Tú fumas ya?

—Sí —dije mintiendo, pues fumaba pero un cigarrillo al año.

—Vamos a fumar, y después, si no vuelves a preguntarme por qué no los termino, te enseñaré mis poemas para ver qué te parecen.

Sacó de un cajón de su escritorio papel de fumar y tabaco, y comenzó a liar un cigarrillo, luego otro. Después abrió la ventana y empezamos a fumar, en silencio. De pronto, fue hasta el tocadiscos y puso música de Bob Dylan, música directamente importada de Londres, comprada en la única tienda de Barcelona —me dijo— en la que vendían discos del extranjero. Me acuerdo muy bien de lo que vi, o me pareció ver, mientras escuchábamos a Bob Dylan. Ahora se ha sumergido del todo en sí mismo, recuerdo que pensé, estremecido, al verle más ausente que unos minutos antes, los ojos cerrados, muy concentrado en la música. Nunca me había sentido tan solo y hasta llegué a pensar que aquél podía ser el tema de un nuevo poema mío.

Lo más raro vino poco después cuando vi que en realidad él mantenía los ojos abiertos; estaban fijos, no miraban, no veían; estaban dirigidos hacia dentro, hacia una remota lejanía. Habría jurado que él era extranjero en todo, más extranjero que los discos que escuchaba y más original que la música de Bob Dylan, que a mí, por otra parte —y así se lo hice saber—, no acababa de convencerme.

—El problema es que no entiendes la letra —me dijo.

—¿Y tú sí la entiendes?

—No, pero precisamente no entenderla me va muy bien, porque así me la imagino, y eso hasta me inspira versos, primeros versos de poemas que nunca termino. ¿Quieres ver mis poesías?

Sacó, del mismo cajón del que había sacado el tabaco, una carpeta azul que llevaba una gran etiqueta en la que podía leerse: «Archivo de poemas abandonados».

Recuerdo muy bien las cincuenta cuartillas en las que había escrito en tinta roja los poemas que abandonaba, poemas que, en efecto, jamás pasaban del primer verso; recuerdo muy bien algunas de esas cuartillas de un solo verso:

Amo el twist de mi sobriedad.
Sería fantástico ser como los demás.
No diré que un sapo sea.

Me impresionó mucho todo aquello. Me pareció que Pineda había sido preparado por sus padres para triunfar, iba en todo muy adelantado y era en todo original y, además, le sobraba talento. Yo estaba muy impresionado (y quería ser como él), pero traté de que no se me notara todo eso y adopté un gesto casi de indiferencia al tiempo que le sugería que haría bien en molestarse en terminar aquellos poemas. Me sonrió con una gran suficiencia, me dijo:

—¿Cómo te atreves a darme consejos? Me gustaría saber qué es lo que tú lees, recuerda que aún no me lo has dicho. A mí me parece que lees tebeos, el *Capitán Trueno* y todo eso, anda, dime la verdad.

—Antonio Machado —contesté, sin haberlo leído, sólo retenía ese nombre porque íbamos a estudiarlo.

—¡Qué horror! —exclamó Pineda—. Monotonía de la lluvia en los cristales. Los colegiales estudian...

Fue hacia la biblioteca y volvió con un libro de Blas de Otero, *Que trata de España*.

—Toma —me dijo—. Esto es poesía.

Ese libro todavía lo conservo, porque no se lo devolví, fue un libro fundamental en mi vida.

Después, me mostró su amplia colección de discos de jazz, casi todo discos importados.

—¿También te inspira versos el jazz? —le pregunté.

—Sí. ¿Qué te juegas a que en menos de un minuto te compongo uno?

Puso música de Chet Baker —que, a partir de aquel día, pasaría a ser mi intérprete favorito— y se quedó durante unos segundos totalmente concentrado; de nuevo, con los ojos dirigidos hacia dentro, hacia una remota lejanía. Pasados esos segundos, como si estuviera en trance, tomó una cuartilla y, con un bolígrafo rojo, anotó:

Jehová enterrado y Satanás muerto.

Logró dejarme fascinado. Y esa fascinación iría yendo en aumento a lo largo de todo aquel curso. Me convertí, tal como había deseado, en su sombra, en su fiel escudero. No podía yo sentirme más orgulloso de ser visto como el amigo de Pineda. Algunos dejaron incluso de llamarme *geperut*. Sexto de bachillerato está ligado al recuerdo de la inmensa influencia que él ejerció sobre mí. A su lado aprendí infinidad de cosas, cambiaron mis gustos literarios y musicales. Dentro de mis lógicas limitaciones, hasta me sofistiqué. Los padres de Pineda medio me adoptaron. Empecé a ver a mi familia como un conjunto desdichado y vulgar, lo que me causó problemas: ser, por ejemplo, tildado de «señorito ridículo» por mi madre.

Al año siguiente, dejé de ver a Pineda. Por motivos laborales de mi padre, mi familia se trasladó a Gerona, donde pasamos unos años, allí estudié preuniversitario. Al regresar a Barcelona, ingresé en Filosofía y Letras, convencido de que allí me reencontraría con Pineda, pero éste, ante mi sorpresa, se matriculó en Derecho. Yo escribía cada vez más versos, huyendo de mi soledad. Un día, en una asamblea general de estudiantes, localicé a Pineda, fuimos a celebrarlo a un bar de la plaza de Urquinaona. Yo viví aquel reencuentro con la sensación de estar viviendo un gran acontecimiento. Al igual que en los primeros días de nuestra amistad, se me aceleró el corazón, lo viví todo de nuevo como si estuviera gozando de un gran privilegio: la inmensa suerte y felicidad de estar en compañía de aquel pequeño genio, no dudaba yo que a él le esperaba un gran porvenir.

—¿Sigues escribiendo poemas de un solo verso? —le pregunté por preguntarle algo.

Pineda volvió a reírse como en los días de antaño, como un príncipe de un cuento medieval que estuviera entrando en contacto con un campesino y se esforzara en rebajarse para parecerse a éste. Recuerdo muy bien que sacó de su bolsillo papel de fumar y se puso a escribir, sin pausa alguna, un poema completo —del que curiosamente sólo recuerdo el primer verso, sin duda impactante: «la estupidez no es mi fuerte»—, que poco después convirtió en un cigarrillo que tranquilamente se fumó, es decir, que se fumó su poema.

Cuando hubo terminado de fumárselo, me miró, sonrió y dijo:

—Lo importante es escribirlo.

Creí ver una elegancia sublime en aquella forma suya de fumarse lo que creaba.

Me dijo que estudiaba Derecho porque Filosofía era una carrera sólo para niñas y monjas. Y, dicho esto, desapareció, dejé de verle en mucho tiempo, en muchísimo tiempo o, mejor dicho, a veces le veía, pero siempre en compañía él de nuevos amigos, lo que dificultaba la relación, la maravillosa intimidad que habíamos tenido en otros días. Un día me enteré, a través de otros, de que él iba a estudiar para notario. Durante muchos años no lo vi, lo reencontré a finales de los ochenta, cuando ya menos me lo esperaba. Se había casado, tenía dos hijos, me presentó a su mujer. Se había convertido en un respetable notario que, tras muchos años de peregrinaje por pueblos y ciudades de España, había logrado desembocar en Barcelona, donde acababa de abrir despacho. Me pareció que estaba más guapo que nunca, ahora con las sienes plateadas, me pareció que mantenía el porte de distinción que tanto le distinguía del resto del mundo. A pesar del tiempo transcurrido, de nuevo se me disparó el corazón al estar ante él. Me presentó a su mujer, una gorda horrible, lo más semejante a una campesina de Transilvania. Aún no había yo salido de mi sorpresa cuando el notario Pineda me ofreció un cigarrillo, que acepté.

—¿No será uno de tus poemas? —le dije con una mirada de complicidad al tiempo que miraba también a aquella gorda infame que nada tenía que ver con él.

Pineda me sonrió como antaño, como si fuera un príncipe disfrazado.

—Veo que sigues tan genial como en el colegio —me dijo—. ¿Ya sabes que siempre te admiré mucho? Me enseñaste una barbaridad de cosas.

Mi corazón se contrajo como invadido por una repentina mezcla de estupor y frío.

—Mi chiquito me ha hablado siempre muy bien de ti —terció la gorda, con una vulgaridad más que aplastante—. Dice que eras el que sabía más de jazz del mundo.

Me contuve, porque tenía ganas hasta de llorar. El chiquito debía de ser Pineda. Me lo imaginé a él cada mañana entrando en el cuarto de baño detrás de ella y esperando a que se subiera a la báscula. Me lo imaginé arrodillándose junto a ella con papel y lápiz. El papel estaba lleno de fechas, días de la semana, cifras. Leía lo que marcaba la báscula, consultaba el papel y asentía con la cabeza o fruncía los labios.

—A ver qué día quedamos y tal y cual —dijo Pineda, hablando como un verdadero palurdo.

Yo no salía de mi asombro. Le hablé del libro de Blas de Otero y le dije que iba a devolvérselo y que perdonara que hubiera tardado treinta años en hacerlo. Me pareció que no sabía de qué le hablaba, y yo en ese momento me acordé de Nagel, un personaje de *Misterios*, de Knut Hamsun, de quien éste nos dice que era uno de esos jóvenes que se malogran al morir en la época de la escuela porque el alma les abandona.

—Si ves por ahí a alguno de tus poetas —me dijo Pineda, tal vez queriendo ser genial, pero con un insufrible tono plebeyo—, te ruego que no saludes a ninguno, absolutamente a ninguno, de mi parte.

Luego frunció el ceño y se miró las uñas y acabó estallando en una obscena y vulgar carcajada, como ensayando un aire de euforia para tratar de disimular su profundo abatimiento. Abrió tanto la boca que vi que le faltaban cuatro dientes.

58) Entre los que en el *Quijote* han renunciado a la escritura tenemos al canónigo del capítulo XLVIII de la primera parte, que confiesa haber escrito «más de cien hojas» de un libro de caballerías que no ha querido continuar porque se ha dado cuenta, entre otras cosas, de que no vale la pena esforzarse y tener que acabar sometido «al confuso juicio del necio vulgo».

Pero, para despedidas memorables del ejercicio de la literatura, ninguna tan bella e impresionante como la del propio Cervantes. «Ayer me dieron la extremaunción y hoy escribo esto. El tiempo es breve, las ansias crecen, las esperanzas menguan, y con todo esto, llevo la vida sobre el deseo que tengo de vivir.» Así se expresaba Cervantes el 19 de abril de 1616 en la dedicatoria del *Persiles*, la última página que escribió en su vida.

No existe una despedida de la literatura más bella y emotiva que esta que escribió Cervantes, consciente de que ya no podía escribir más.

En el prólogo al lector, escrito pocos días antes, había ya manifestado su conformidad ante la muerte en términos que nunca podría suscribir un cínico, un escéptico o un desengañado: «¡Adiós, gracias; adiós, donaires; adiós, regocijados amigos, que yo me voy muriendo, y deseando veros presto contentos en la otra vida!».

Este «Adiós» es el más sobrecogedor e inolvidable que alguien haya escrito para despedirse de la literatura.

59) Pienso en un tigre que es real como la vida misma. Ese tigre es el símbolo del peligro cierto que acecha al estudioso de la literatura del No. Porque investigar sobre los escritores

del No produce, de vez en cuando, desconfianza en las palabras, se corre el peligro de revivir —me digo yo ahora, 3 de agosto de 1999— la crisis de Lord Chandos cuando vio que las palabras eran un mundo en sí y *no decían la vida*. De hecho, el riesgo de revivir la crisis del personaje de Hofmannsthal puede sobrevenirle a uno sin necesidad de estar acordándose para nada del atormentado Lord.

Pienso ahora en lo que le sucediera a Borges cuando, al disponerse a abordar la escritura de un poema sobre el tigre, se puso a buscar en vano, más allá de las palabras, el otro tigre, el que se halla en la selva —en la vida real— y no en el verso: «... el tigre fatal, la aciaga joya / Que, bajo el sol o la diversa luna, / Va cumpliendo en Sumatra o en Bengala / Su rutina de amor, de ocio y de muerte».

Al tigre de los símbolos opone Borges el verdadero, el de caliente sangre:

> El que diezma la tribu de los búfalos
> Y hoy, 3 de agosto del 59,
> Alarga en la pradera una pausada
> Sombra, pero ya el hecho de nombrarlo
> Y de conjeturar su circunstancia
> Lo hace ficción del arte y no criatura
> Viviente de las que andan por la tierra.

Hoy, 3 de agosto del 99, exactamente cuarenta años después de que Borges escribiera ese poema, pienso en el otro tigre, ese que también yo busco a veces en vano, más allá de las palabras: una forma de conjurar el peligro, ese peligro sin el que, por otra parte, nada serían estas notas.

60) Paranoico Pérez no ha conseguido escribir nunca ningún libro, porque cada vez que tenía una idea para uno y se

disponía a hacerlo, Saramago lo escribía antes que él. Paranoico Pérez ha acabado trastornado. Su caso es una variante interesante del síndrome de Bartleby.

—Oye, Pérez, ¿y el libro que estabas preparando?

—Ya no lo haré. Otra vez me ha robado la idea Saramago.

Paranoico Pérez es un estupendo personaje creado por Antonio de la Mota Ruiz, un joven autor santanderino que acaba de publicar su primer libro, un volumen de cuentos titulado *Guía de lacónicos*, una obra que ha pasado más bien desapercibida y que, a pesar de ser un conjunto muy irregular de relatos, no me arrepiento de haber comprado y leído pues con él me ha llegado la sorpresa y el aire fresco de ese cuento que protagoniza Paranoico Pérez y que se llama *Iba siempre delante y era extraño, extrañito*, el último del volumen y probablemente el mejor, aunque es un cuento un tanto desaforado, si se quiere bastante imperfecto; pero no es nada desperdiciable, al menos para mí, la figura de ese curioso bartleby que se ha inventado el autor.

El cuento transcurre en su totalidad en la Casa de Saúde de Cascais, en el manicomio de esta población cercana a Lisboa. En la primera escena vemos al narrador, a Ramón Ros —un joven catalán criado en Lisboa—, paseando tranquilamente con el doctor Gama, al que ha ido a visitar para hacerle una consulta en torno a la «psiconeurosis intermitente». De pronto, llama la atención de Ramón Ros la repentina aparición, entre los locos, de un joven muy alto, imponente, de mirada viva y arrogante, al que la dirección del centro le permite ir disfrazado de senador romano.

—Es mejor no contrariarle y dejarle ir así. ¡Pobre! Se cree que va vestido de personaje de una futura novela —dice, un tanto enigmático, el doctor Gama.

Ramón Ros le pide que le presente al loco.

—¿Cómo? ¿Quiere conocer a Paranoico Pérez? —le pregunta el doctor.

Todo el relato, toda la historia de *Iba siempre delante y era extraño, extrañito*, es la transcripción fiel, por parte de Ramón Ros, de todo lo que le cuenta Paranoico Pérez.

«Iba por fin a escribir mi primera novela —empieza contándole Paranoico—, una historia en la que había estado trabajando arduamente y que transcurría toda entera, enterita, en ese gran convento que hay en la carretera de Sintra, iba a decir de Sintrita, cuando de repente, ante mi absoluta perplejidad, vi un día, en los escaparates de las librerías, un libro firmado por un tal Saramago, un libro titulado *Memorial del convento*, ay madre, madrecita mía...»

Paranoico Pérez, aficionado a incluir diminutivos en todo lo que cuenta, va desgranando su historia, explica cómo se quedó helado, lleno de temores que pronto confirmó cuando vio que la novela de Saramago era «asombrosamente igual, pero que igualita» a la que él había planeado escribir.

«Me quedé pasmado —prosigue Paranoico—, bien pasmadito y sin saber qué pensar de todo aquello, hasta que, un día, le oí decir a alguien que a veces hay historias que nos llegan en forma de voz, una voz que habla en nuestro interior y que no es la nuestra, no es la nuestrita. Me dije que ésa era la mejor explicación que había podido encontrar para entender aquello tan raro que me había ocurrido, me dije que era muy posible que todo lo que yo había planeado para mi novela se hubiera trasladado, en forma de voz interior, a la mente del señor Saramago...»

A través de lo que va contando Paranoico Pérez nos enteramos de que éste, recuperado de la crisis que le sobrevino tras el extraño suceso, comenzó a pensar alegremente en otra novela y planeó minuciosamente una historia que protagonizaría Ricardo Reis, el heterónimo de Fernando Pessoa. Naturalmente, la sorpresa de Paranoico fue grande cuando, al disponerse a redactar su historia, apareció en las librerías *El año de la muerte de Ricardo Reis*, la nueva novela de Saramago.

«Iba siempre delante y era extraño, extrañito», le comenta Paranoico al narrador, refiriéndose, claro está, a Saramago. Y poco después le cuenta que, cuando dos años más tarde apareció *La balsa de piedra*, él se quedó de piedra ante el nuevo libro de Saramago, pues recordó haber tenido, hacía tan sólo unos días, un sueño y posteriormente una idea muy parecida, parecidita, a la que se desplegaba en aquel nuevo libro del escritor que tenía la mala costumbre de anticipársele de aquella forma tan insistente y rara, tan rarita.

Los amigos de Paranoico empezaron a reírse de él y a decirle que buscara excusas más convincentes para justificar que no escribía. Sus amigos comenzaron a calificarle de paranoico cuando él les acusó de pasarle información a Saramago. «No voy a contaros nunca más ninguno de los planes que tenga para escribir una novela. Después, vais y se lo decís todo a ese Saramago», les dijo. Y ellos, claro está, se reían.

Un día, Paranoico, venciendo su timidez, le escribió una carta a Saramago en la que, tras interesarse por el tema de su próxima novela, acababa advirtiéndole que pensaba tomar serias medidas asesinas si su siguiente libro transcurría, como el que tenía ya él pensado, en la ciudad de Lisboa. Cuando apareció *El cerco de Lisboa*, la nueva novela de Saramago, creyó Paranoico volverse loco y, a modo de protesta contra Saramago, se plantó ante la casa de éste vestido de senador romano. En una mano llevaba una pancarta en la que manifestaba su gran satisfacción por haberse convertido en un personaje viviente de la que sería la siguiente novela de Saramago. Porque Paranoico, que acababa de idear una historia sobre la decadencia del Imperio romano, estaba convencido de que Saramago le había ya robado la idea y escribiría sobre el mundo de los senadores de aquella Roma agónica.

Vestido de personaje de la futura novela de Saramago, Paranoico sólo quería demostrarle al mundo que conocía perfectamente la novela secreta que estaba preparando Saramago.

—Ya que no me deja escribir —les dijo a unos periodistas que se interesaron por su caso—, al menos que me deje ser un personaje viviente de su futura novela.

«Me han metido en el manicomio —le dice Paranoico a Ramón Ros—, qué le vamos a hacer. No me creen a mí, creen a Saramago, que es más importante. Así es la vida.»

Paranoico comenta esto, y el relato comienza a avanzar hacia su final. Cae la noche, nos dice el narrador. Se trata de una noche única, espléndida. Con la luna situada de tal modo sobre los arcos del jardín de la Casa de Saúde que bastaría alargar la mano para atraparla. El narrador se pone a mirar la luna y enciende un cigarrillo. A Paranoico comienzan a llevárselo los enfermeros. Se oye el ladrido de un perro a lo lejos, fuera de la Casa de Saúde. El narrador, sin venir —me parece— a cuento, se acuerda de aquel rey de España que murió aullando a la luna.

Entonces, Paranoico revela otro caso de síndrome de Bartleby. El que sufre el mismísimo Saramago.

«Aunque no soy vengativo —concluye Paranoico—, siento una alegría infinita al ver que, desde que le dieron el Premio Nobel, lleva ya catorce doctorados *honoris causa* y aún le esperan muchos más. Eso le tiene tan ocupado que ya no escribe nada, ha renunciado a la literatura, se ha vuelto un ágrafo. Me satisface mucho ver que, al menos, se ha hecho justicia y han sabido castigarle...»

61) La melancolía de la escritura del No reflejándose nada menos que en las tazas de té, junto a la lumbre, en casa de Álvaro Pombo, en Madrid.

Puede leerse en su dedicatoria de *La cuadratura del círculo*: «A Ernesto Calabuig en recuerdo de las mil y pico holandesas que con toda pulcritud escribimos, reescribimos y tiramos a la papelera, y que ahora, con ese lumio aire de perpetuidad satisfecha, en esta repentinamente inverniza atardecida de mediados de junio en Madrid, se refleja en las tazas de té, junto a la lumbre».

De repente, la melancolía de la escritura del No se ha reflejado en una de las lágrimas de cristal de la lámpara del techo de mi estudio, y mi propia melancolía me ha ayudado a ver reflejada en ella la imagen del último escritor, de aquel con quien desaparecerá —porque, tarde o temprano, eso ha de ocurrir—, sin que nadie pueda presenciarlo, el pequeño misterio de la literatura. Naturalmente, este último escritor, le guste o no a él, será escritor del No. He creído verle hace sólo unos instantes. Guiado por la estrella de mi propia melancolía, le he visto oyendo callar en sí esa palabra —la última de todas— que morirá para siempre con él.

62) Esta mañana me han llegado noticias del señor Bartolí, mi jefe. Adiós a la oficina, me han despedido.

Por la tarde, he imitado a Stendhal cuando se dedicaba a leer el Código Civil para conseguir la depuración de su estilo.

Por la noche, he decidido darle un cierto respiro a mi exagerado, pero totalmente beneficioso, encierro de los últimos tiempos. He pensado que un poco de vida mundana podía sentarme bien. Me he llevado a mí mismo al restaurante Siena de la calle de Muntaner, y he llevado conmigo el *Diario* de Witold Gombrowicz. Nada más entrar, le he dicho a la camarera que si un tal CasiWatt llamaba por teléfono preguntando por mí, le dijeran que no estaba.

Mientras esperaba el primer plato, he saboreado algunos fragmentos, que yo conocía ya bien, del *Diario* de Gombrowicz. De entre todos ellos, me ha vuelto a encantar ese en el que se ríe del *Diario* de Léon Bloy, de cuando éste anota que en la madrugada le despertó un grito terrible como llegado del infinito. «Convencido —escribe Bloy— de que era el grito de un alma condenada, caí de rodillas y me sumí en una ferviente oración.»

Gombrowicz encuentra absolutamente ridículo a ese Bloy de rodillas. Y aún lo encuentra más ridículo cuando ve que, al día siguiente, éste escribe: «Ah, ya sé de quién era aquella alma. La prensa informa que ayer murió Alfred Jarry, justamente a la misma hora y en el mismo minuto en que me llegó aquel grito...».

Y aquí no terminan las ridiculeces para Gombrowicz, pues descubre otra más que viene a completar el cuadro de ridiculez de toda esa secuencia imbécil del *Diario* de Bloy. «Y, encima —concluye Gombrowicz—, la ridiculez de Jarry que, para vengarse de Dios, pidió un palillo y murió hurgándose los dientes.»

Estaba leyendo esto cuando me han traído el primer plato y, al levantar la vista del libro, mi mirada ha tropezado con un cliente imbécil que en ese momento se hurgaba los dientes con un palillo. Me ha desagradado enormemente esto, pero lo que ha seguido aún me ha parecido peor, pues he comenzado a ver cómo las mujeres que estaban cenando en la mesa de al lado se metían en sus orificios bucales trozos de carne mortecina y lo hacían como si para ellas se tratara de un auténtico sacrificio. Qué horror. Para colmo, los hombres, por su parte, como si se hubieran vuelto transparentes, dejaban ver, pese a que estaban embutidas en espantosos pantalones, sus pantorrillas, dejaban ver el interior de las mismas en el preciso instante en que éstas eran alimentadas por los asquerosos órganos de sus aparatos digestivos.

No me ha gustado nada todo esto y he pedido la cuenta, he dicho que acababa de acordarme de que estaba citado con el señor CasiWatt y que no podía esperar al segundo plato. He pagado y he salido a la calle y, ya de regreso a casa, por unos momentos me ha dado por pensar que a veces mi humor es como algunos climas, cálido por las tardes y frío por las noches.

63) En todas las historias hay siempre algún personaje que, por motivos a veces un tanto oscuros, nos resulta cargante, no le tenemos exactamente manía pero se la tenemos jurada y no sabemos muy bien por qué.

Yo ahora debo confesar que en toda la historia del No encuentro muy pocos personajes que me produzcan antipatía, y si me la producen es muy poca. Ahora bien, si alguien me obligara a darle el nombre de alguien que de vez en cuando, al leer algo sobre él, se me atraganta, no dudaría en dar el nombre de Wittgenstein. Y todo por culpa de esa frase suya que se ha hecho tan célebre y que, desde que empecé a escribir estas notas, sé que, tarde o temprano, me voy a ver empujado a comentar.

Desconfío de esas personas a las que todo el mundo coincide en calificar de inteligentes. Y más si, como ocurre en el caso de Wittgenstein, la frase más citada de esa persona tan inteligente a mí no me parece que sea precisamente una frase inteligente.

«De lo que no se puede hablar, *hay que* callar», dijo Wittgenstein. Es evidente que es una frase que merece un lugar de honor en la historia del No, pero no sé si ese lugar no es el del ridículo. Porque, como dice Maurice Blanchot, «el demasiado célebre y machacado precepto de Wittgenstein indica efectivamente que, puesto que enunciándolo ha podido imponerse silencio a sí mismo, para callarse hay, en definitiva, que hablar. Pero ¿con palabras de qué clase?». Si Blanchot hubiera sabido español habría podido decir simplemente que para semejante viaje no hacían falta tantas alforjas.

Por otra parte, ¿se impuso realmente Wittgenstein silencio a sí mismo? Habló poco, pero habló. Empleó una metáfora muy extraña al decir que si algún día alguien escribiese en un libro las verdades éticas, expresando con frases claras y comprobables qué es el bien y qué es el mal en un sentido absoluto, ese libro provocaría algo así como una explosión de todos los otros libros, haciéndolos estallar en mil pedazos. Es como si estuviera deseando escribir él mismo un libro que eliminara a todos los demás. ¡Bendita ambición! Tiene ya el precedente de las Tablas de la Ley de Moisés, cuyas líneas se revelaron incapaces de comunicar la grandeza de su mensaje. Como dice Daniel A. Attala en un artículo que acabo de leer, el libro ausente de Wittgenstein, el libro que él quería escribir para acabar con todos los demás libros que se han escrito, es un libro imposible, pues el simple hecho de que existan millones de libros es la prueba innegable de que ninguno contiene la verdad. Y, además —me digo yo ahora—, qué espanto si sólo existiera el libro de Wittgenstein y nosotros tuviéramos que acatar ahora su ley. Yo, si me dieran a elegir, preferiría, en el supuesto de que tuviera que existir un solo libro, mil veces antes uno de los dos que escribió Rulfo que el que, gracias a Moisés, no escribió Wittgenstein.

64) Confieso mi debilidad por ese estupendo libro que escribiera, hace ya unos cuantos años, Marcel Maniere, el único que él escribió y que lleva el extraño título —creo que nunca se sabrá por qué lo tituló así— de *Infierno perfumado*.

Es un opúsculo envenenado en el que Maniere engaña a todo el mundo desde el primer momento. La primera impostura aparece ya en la primera frase del libro cuando dice que no sabe cómo empezar —y en realidad sabe perfectamente cómo debe hacerlo—, lo que según él le lleva a empezar diciendo quién es él (da risa pensar que todavía hoy no se sabe quién es Marcel Maniere y que lo único en lo que todo el mundo está de acuerdo es que no es cierto, como él afirma en esa primera frase, que es un escritor que pertenece al OuLiPo, es decir, al *Ouvroir de Littérature Potentielle*, el Taller de Literatura Potencial, movimiento al que pertenecían, entre otros, Perec, Queneau y Calvino).

«Como no sé cómo empezar, diré que me llamo Marcel Maniere y que pertenezco al OuLiPo y que ahora siento un profundo alivio al ver que ya puedo pasar a la segunda frase, que siempre es menos comprometedora que la primera, que es siempre la más importante de cualquier libro, pues en la primera, como es sabido, el máximo esmero siempre es poco.» Primera impostura del tal Maniere o impostura triple, porque, como digo, ni es cierto que no sepa cómo empezar ni lo es tampoco que pertenezca al grupo literario al que dice pertenecer, y, además, no se llama Marcel Maniere.

Tras la triple impostura inicial, se suceden, a ritmo vertiginoso, nuevas imposturas, una por capítulo. Marcel Maniere parodia la literatura del No haciéndose pasar por un radical desactivador del potente mito de la escritura. En el primer capítulo, por ejemplo, alaba los méritos de la comunicación no verbal respecto a la escritura. En el segundo, se declara fervoroso discípulo de Wittgenstein y ataca despiadadamente al lenguaje cubriendo de descrédito a las palabras, de las que dice que jamás nos han servido para comunicar algo. En el tercero, preconiza el silencio como valor supremo. En el cuarto, elogia la vida, a la que considera muy por encima de la mezquina literatura. En el quinto, defiende la teoría de que la palabra «no» es consustancial con el paisaje de la poesía y dice que es la única palabra que tiene sentido y, por tanto, merece todos sus respetos.

De pronto Maniere, cuando ya todos creemos que sueña con acabar con la literatura, emborrona de lágrimas el sexto capítulo y nos confiesa, de una forma que nos llena de vergüenza ajena, que en realidad en lo que ha soñado siempre es en una obra de teatro escrita por él y donde se daría, sin tregua alguna, una continua exhibición de su inmenso talento.

«Como me es imposible —nos dice—, por absoluta falta de talento, escribir esa obra de teatro soñada, ofrezco al lector a continuación la única obrita que he sido capaz de componer. Se trata de una absurda obra de teatro del absurdo más absurdo, una obra muy breve en la que ni una sola palabra (al igual que sucede a lo largo de este opúsculo que está terminando de leer el amable lector) es mía, ni una. Para representar esta obra son necesarios dos actores, uno en el papel del No y otro en el del Sí. Sería mi máxima ilusión verla algún día de telonera de *La cantante calva* en ese teatro de París donde, desde hace una eternidad, se representa, noche tras noche, la obra de Ionesco.»

La obrita —que el sarcástico Maniere califica de «entremés»— no dura ni cuatro minutos y consiste en un diálogo entre dos personajes. Uno de ellos, el No, se supone que es Reverdy, y el otro, el Sí, es Cioran. Sólo hay una intervención por parte de cada uno, y después la obrita ha terminado, y con ella concluye el opúsculo del tal Maniere, que se despide de todos diciendo que, al igual que la literatura —a esas alturas es imposible creerle ya ni una sola palabra—, él se siente abocado a la destrucción y a la muerte.

El diálogo entre el No y el Sí es éste:

NO: Se ha dicho todo —de lo que era importante y sencillo de decir— en los milenios que los hombres llevan pensando y desviviéndose. Se ha dicho todo de lo que era profundo en relación con la elevación del punto de vista, es decir, amplio y extenso al mismo tiempo. Hoy en día, ya sólo nos cabe repetir. Sólo nos quedan unos pocos detalles ínfimos todavía inexplorados. Sólo le queda al hombre actual la tarea más ingrata y menos brillante, la de llenar los huecos con una algarabía de detalles.

SÍ: ¿Sí? Que se ha dicho todo, que no hay nada que decir, se sabe, se siente. Pero lo que se siente menos es que esta evidencia confiere al lenguaje un estatuto extraño, incluso intranquilizador, que lo redime. Las palabras se han salvado al fin, porque han dejado de vivir.

La primera vez que leí el opúsculo de Maniere, mi reacción al terminarlo fue pensar, y lo sigo pensando, que *Infierno perfumado* es, por su carácter paródico, el *Quijote* de la literatura del No.

65) En la galaxia teatral del No destaca, con luz propia, junto a la obrita de Maniere, *El no*, la última pieza teatral que escribiera Virgilio Piñera, el gran escritor cubano.

En *El no*, obra rara y hasta hace muy poco inédita —fue publicada en México por la editorial Vuelta—, Piñera nos presenta a una pareja de novios que deciden *no* casarse jamás.

Principio esencial del teatro de Piñera fue siempre presentar lo trágico y existencial a través de lo cómico y lo grotesco. En *El no* lleva hasta las últimas consecuencias su sentido del humor más negro y subversivo: el *no* de la pareja —en obvia oposición al tan machacado «sí, quiero» de las bodas cristianas— le otorga a ésta una conciencia minúscula, una diferencia culpable.

En el ejemplar que poseo, el prologuista, Ernesto Hernández Busto, comenta que, con un magistral juego irónico, Piñera pone a los protagonistas de la tragedia cubana en una representación de la *hybris* por defecto: si los clásicos griegos concebían un castigo divino para la exageración de las pasiones y el afán dionisíaco del exceso, en *El no* los personajes principales «se pasan de la raya» en el sentido opuesto, violan el orden establecido desde el extremo contrario al del desenfreno carnal: un ascetismo apolíneo es lo que les convierte en *monstruos*.

Los protagonistas de la obra de Piñera dicen *no*, se niegan rotundamente al *sí* convencional. Emilia y Vicente practican una negativa testaruda, una acción mínima que, sin embargo, es lo único que poseen para poder ser diferentes. Su negativa pone en marcha la mecánica justiciera de la ley del *sí*, representada primero por los padres y luego por hombres y mujeres anónimos. Poco a poco, el orden represivo de la familia se va ampliando hasta que, al final, interviene incluso la policía, que se dedica a una «reconstrucción de los hechos» que terminará con la declaración de culpabilidad de los novios que se niegan a casarse. Al final, se decreta el castigo. Es un final genial, propio de un Kafka cubano. Es una gran explosión del *no* en su maravilloso acantilado subversivo:

HOMBRE: Decir no ahora es fácil. Veremos dentro de un mes (pausa). Además, a medida que la negativa se multiplique, haremos más extensas las visitas. Llegaremos a pasar las noches con ustedes, y es probable, de ustedes depende, que nos instalemos definitivamente en esta casa.

La pareja, ante estas palabras, decide esconderse.

—¿Qué te parece el jueguecito? —pregunta Vicente a Emilia.

—De ponernos los pelos en punta —responde ella.

Deciden esconderse en la cocina, sentarse en el suelo, bien abrazados, abrir la llave del gas y ¡que les casen si pueden!

66) He trabajado bien, puedo estar contento de lo hecho. Dejo la pluma, porque anochece. Ensueños del crepúsculo. Mi mujer y mis hijos están en la habitación contigua, llenos de vida. Tengo salud y dinero suficiente. ¡Dios mío, qué infeliz soy!

Pero ¿qué estoy diciendo? No soy infeliz, no he dejado la pluma, no tengo mujer, no tengo hijos, ni habitación contigua, no tengo dinero suficiente, no anochece.

67) Me ha escrito Derain.

Supongo que se ha sentido obligado a hacerlo después de que le enviara mil francos y le pidiera que hiciera *encore un effort* y me enviara algún documento más para mis notas sobre el No. Pero el que se haya sentido más o menos obligado a contestarme no le exculpa de que lo haya hecho con tan mala idea.

Distinguido colega —me dice en la carta—, le doy las gracias por sus mil francos, pero me temo que va a tener que enviarme mil más, ya sea sólo porque, hace unos instantes, mientras hacía las fotocopias que con tanto cariño le envío, por poco me quemo los dedos.

En primer lugar, le mando unas frases de Franz Kafka que recogió Gustav Janouch en su libro de conversaciones con el escritor. Como verá, las frases de Kafka no hacen más que advertirle de lo inútil que puede acabar resultando para usted su paciente exploración del síndrome de Bartleby. Y no se queje, amigo. No piense que quiero desanimarle del todo con esas frases del clarividente Kafka. De haber querido yo aplastar de un solo manotazo toda su investigación sobre el dichoso síndrome, le habría enviado una frase de Kafka mucho más explícita, una frase que sin duda habría colapsado para siempre su trabajo. ¿Cómo dice? ¿Que quiere saber qué frase es ésa? Está bien, se la transcribo: *Un escritor que no escribe es un monstruo que invita a la locura.*

¿Dice que no le colapsa la frase? ¿No ensombrece su semblante saber que se dedica a monstruos locos? Pues bien, no pasa nada, sigamos. Le envío, en segundo lugar, noticias acerca de la airada reacción de Julien Gracq ante la ridícula mitificación del silencio de Rimbaud, noticias que no pretenden más que prevenirle del grave problema que intuyo que tienen todas esas notas sin texto que dice usted estar escribiendo, un problema muy grave que afecta al corazón de las mismas. Porque no me cabe duda de que sus notas mitifican el tema del silencio en la escritura, un tema absolutamente sobrevalorado, tal como supo ver en su momento el gran Gracq.

Le mando también unas frases de Schopenhauer, pero no quiero decirle por qué se las mando y por qué motivo las relaciono con la vanidad —en el sentido literal del término— de sus notas. A ver si es usted capaz (no sabe cuánto me encanta darle trabajo) de averiguar por qué Schopenhauer y por qué concretamente esas frases y no otras. Tal vez, con algo de suerte, hasta se luzca y consiga la admiración de algún lector de esos resabidillos que, de no haber citado usted a Schopenhauer, habrían pensado que no lo sabía todo sobre el malestar de la cultura.

Tras Schopenhauer, viene un texto de Melville que parece especialmente escrito para sus notas, la verdad es que encaja como un guante de seda en sus divagaciones sobre el No. Si en la otra carta, a modo de refresco, le envié a Perec, ahora en ésta le envío a Melville, que es alguien que le va a refrescar el doble, algo que usted se habrá merecido, además, si antes ha sabido trabajar a fondo con lo de Schopenhauer.

Tras la pausa que refresca, llega Carlo Emilio Gadda, ya verá usted enseguida por qué. Y finalmente, cerrando mi generosa entrega de documentos, el fragmento de un poema de Derek Walcott, donde se le invita amablemente a usted a comprender lo absurdo de querer imitar o eclipsar obras maestras y a ver que lo mejor que podría hacer es eclipsarse usted mismo.

Suyo,

DERAIN

68) Las frases de Kafka a Janouch me vienen mejor de lo que desearía Derain, pues hablan de lo que me sucede a medida que avanzo en la búsqueda inútil del centro del laberinto del No: «Cuanto más marchan los hombres, tanto más se alejan de la meta. Gastan sus fuerzas en vano. Piensan que andan, pero sólo se precipitan —sin avanzar— hacia el vacío. Eso es todo».

Estas frases parecen hablar de lo que me pasa en este diario por el que voy a la deriva, navegando por los mares del maldito embrollo del síndrome de Bartleby: tema laberíntico que carece de centro, pues hay tantos escritores como formas de abandonar la literatura, y no existe una unidad de conjunto y ni tan siquiera es sencillo dar con una frase que pudiera crear el espejismo de que he llegado al fondo de la verdad que se esconde detrás del mal endémico, de la pulsión negativa que paraliza las mejores mentes. Sólo sé que para expresar ese drama navego muy bien en lo fragmentario y en el hallazgo casual o en el recuerdo repentino de libros, vidas, textos o simplemente frases sueltas que van ampliando las dimensiones del laberinto sin centro.

Vivo como un explorador. Cuanto más avanzo en la búsqueda del centro del laberinto, más me alejo de él. Soy como aquel que en *La colonia penitenciaria* no entiende el sentido de los diseños que le muestra el oficial: «Es muy ingenioso, pero no puedo descifrarlo».

Soy como un explorador y mi austeridad es propia de un ermitaño y, al igual que Monsieur Teste, siento que no estoy hecho para novelas, pues sus grandes escenas, cóleras, pasiones y momentos trágicos, lejos de entusiasmarme, «me llegan como míseros estallidos, estados rudimentarios en que toda necedad se desata, en los que el ser se simplifica hasta la memez».

Soy como un explorador que avanza hacia el vacío. Eso es todo.

69) Julien Gracq protestó en su día, con motivo del centenario de Rimbaud, por las páginas y páginas que se dedicaban a mitificar el silencio del poeta. Gracq recordó que en otros tiempos el voto de silencio era tolerado o inadvertido; recordó que no era infrecuente que el cortesano, el hombre de fe o el artista, abandonaran el siglo para morir silenciosamente en el monasterio o la residencia rural.

Cree Derain que las palabras de Gracq pueden estar afectando al corazón mismo de mis notas, pero se equivoca por completo. Que se relativice el mito del silencio ayuda a que pierdan peso y trascendencia mis exploraciones, lo que me permite una mayor alegría a la hora de continuar con ellas. Así me quito de encima, manteniendo mi ambición intacta, cierta tensión que a veces provoca el miedo al fracaso.

Por otra parte, yo soy el primero en desmitificar todo cuanto rodea la insensata santidad que tantas veces se le ha atribuido a Rimbaud. Yo no puedo olvidar que quien decía «sobre todo fumar, beber licores fuertes como metal fundido» (una bellísima toma de posición poética) era el mismo ser mezquino que decía desde Etiopía: «Sólo bebo agua, quince francos al mes, todo está muy caro. Nunca fumo».

70) En el primero de los fragmentos que Derain me envía de Schopenhauer se dice que los especialistas jamás pueden ser talentos de primer orden. Entiendo que Derain cree que me considero un especialista en bartlebys y pretende minar mi moral. «Los talentos de primer orden —escribe Schopenhauer— jamás serán especialistas. La existencia, en su conjunto, se ofrece a ellos como un problema a resolver, y a cada uno presentará la humanidad, bajo una u otra forma, horizontes nuevos. Sólo puede merecer el nombre de genio aquel que toma lo grande, lo esencial y lo general por tema de sus trabajos, y no el que pasa su vida en explicar alguna relación especial de cosas entre sí.»

¿Y bien? ¿Quién teme a Schopenhauer? ¿Y quién ha dicho que yo pretenda ser especialista en síndromes de Bartleby? Así que para mí el fragmento de Schopenhauer es inofensivo. Es más, no puedo estar más de acuerdo con lo que expresa. De especialista no tengo yo nada, soy un rastreador de bartlebys.

En cuanto al segundo fragmento que me envía Derain, lo mismo: le doy toda la razón al pensador. Es más, me concede la oportunidad de hablar de un mal de raíz opuesta a la del síndrome de Bartleby, pero no por ello menos interesante de tratar. Un mal en el que, por cierto, me parece que Schopenhauer era un buen especialista. Ese mal al que él se refiere es el que destilan los malos libros, esos libros horrorosos que en todas las épocas han abundado: «Los libros malos son un veneno intelectual que destruye el espíritu. Y porque la mayoría de las personas, en lugar de leer lo mejor que se ha producido en las diferentes épocas, se reduce a leer las últimas *novedades,* los escritores se reducen al círculo estrecho de las ideas en circulación, y el público se hunde cada vez más profundamente en su propio fango».

71) Parece como si hubiera hablado con Herman Melville y le hubiera encargado un texto sobre los que dicen no, sobre «los del No».

No conocía este texto, una carta de Melville a su amigo Hawthorne. Desde luego parece escrito para estas notas:

> Es maravilloso el *no* porque es un centro vacío, pero siempre fructífero. A un espíritu que dice *no* con truenos y relámpagos, el mismo diablo no puede forzarle a que diga *sí.* Porque todos los hombres que dicen *sí,* mienten; en cuanto a los hombres que dicen *no,* bueno, se encuentran en la feliz condición de juiciosos viajeros por Europa. Cruzan las fronteras de la eternidad sin nada más que una maleta, es decir, el Ego. Mientras que, en cambio, toda esa gentuza que dice *sí* viaja con montones de equipaje y, malditos ellos, nunca pasarán por las puertas de la aduana.

72) Carlo Emilio Gadda empezaba novelas que muy pronto se le iban desbocando por todas partes y se le convertían en

infinitas, lo que le llevaba a la paradójica situación —él, que era el rey del cuento del nunca acabar— de tener que interrumpirlas y, acto seguido, caer en profundos silencios literarios que no había deseado.

A eso le llamaría yo tener el síndrome de Bartleby al revés. Si tantos escritores han inventado «tíos Celerinos» de todos los estilos para razonar sus silencios, el caso de Carlo Emilio Gadda no puede ser más opuesto al de éstos, ya que toda su vida la dedicó a practicar, con un entusiasmo notable, lo que Ítalo Calvino calificó de «arte de la multiplicidad», es decir, el arte de escribir el cuento de nunca acabar, ese cuento infinito que en su momento descubriera Laurence Sterne en su *Tristram Shandy*, donde nos dice que en una narración el escritor no puede conducir su historia como un mulero conduce su mula —en línea recta y siempre hacia adelante—, pues si es un hombre con un mínimo de espíritu se encontrará en la obligación, durante su marcha, de desviarse cincuenta veces de la línea recta para unirse a este o aquel grupo, y de ninguna manera lo podrá evitar: «Se le ofrecerán vistas y perspectivas que perpetuamente reclamarán su atención; y le será tan imposible no detenerse a mirarlas como volar; tendrá, además, diversos

Relatos que compaginar:
Anécdotas que recopilar:
Inscripciones que descifrar:
Historias que trenzar:
Tradiciones que investigar:
Personajes que visitar.»

En suma, dice Sterne, es el cuento de nunca acabar, «pues por mi parte les aseguro que estoy en ello desde hace seis semanas, yendo a la mayor velocidad posible, y no he nacido aún».

Carlo Levi, a propósito del cuento infinito del *Tristram Shandy*, dice que el reloj es el primer símbolo de ese libro, pues bajo su influjo es engendrado el protagonista de la novela de Sterne, y añade: «Tristram Shandy no quiere nacer porque no quiere morir. Todos los medios, todas las armas son buenos y buenas para salvarse de la muerte y del tiempo. Si la línea recta es la más breve entre dos puntos fatales e inevitables, las digresiones la alargarán; y si esas digresiones se vuelven tan complejas, enredadas, tortuosas, tan rápidas que hacen perder las propias huellas, tal vez la muerte no nos encuentre. El tiempo se extravíe y podamos permanecer ocultos en los mudables escondrijos».

Gadda fue un escritor del No muy a pesar suyo. «Todo es falso, no hay nadie, no hay nada», dice Beckett. Y en el otro extremo de esta visión extrema encontramos a Gadda empeñado en que nada es falso y empeñado también en decir que hay *mucho* —muchísimo— en el mundo y que nada es falso y todo real, lo que le conduce a una desesperación maniática en su pasión por abarcar el ancho mundo, por conocerlo todo, por describirlo todo.

Si la escritura de Gadda —el antiescritor del No— se define por la tensión entre exactitud racional y el misterio del mundo como componentes básicos de su manera de verlo todo, en los mismos años otro escritor, también ingeniero como Gadda, Robert Musil, intentaba en *El hombre sin atributos* expresar esa misma tensión de Gadda, pero en términos totalmente distintos, con una prosa fluida, irónica, maravillosamente controlada.

En cualquier caso, hay un punto en común entre los desmesurados Gadda y Musil: ambos tenían que abandonar sus libros porque éstos se les volvían infinitos, los dos acababan viéndose obligados a poner, sin desearlo, un punto final a sus novelas, cayendo en el síndrome de Bartleby, cayendo en un tipo de silencio que detestaban: ese tipo de silencio en el que, dicho sea de paso, y salvando todas las insalvables distancias, voy a tener que caer yo, tarde o temprano, me guste o no, ya que sería iluso, por mi parte, ignorar que estas notas cada vez se parecen más a esas superficies de Mondrian llenas de cuadrados, que sugieren al espectador la idea de que rebasan el lienzo y buscan —faltaría más— encuadrar el infinito, que es algo que, si como creo ver estoy ya haciendo, me va a obligar a la paradoja de, valiéndome de un solo gesto, eclipsarme. Cuando eso suceda, el lector hará muy bien en imaginar en mí una arruga negra vertical entre las dos cejas de mi ira, esa arruga precisamente que aparece en el malhumorado y abrupto desenlace de *El zafarrancho aquel de vía Merulana*, la gran novela de Gadda: «Semejante arruga negra vertical entre las dos cejas de la ira, en el rostro blanquísimo de la muchacha, *lo paralizó*, le indujo a reflexión: a arrepentirse, o poco menos».

73) En *Volcano*, Derek Walcott, que ve brasas de cigarro y ve también la lava de un volcán en las páginas de una novela de Joseph Conrad, nos dice que podría abandonar la escritura. Si algún día se decide a hacerlo, no hay duda de que tendrá un lugar importante en cualquier historia que hable de «los del No», esa secta involuntaria.

Los versos de Walkott que me envía Derain comparten un cierto aire de familia con aquello que decía Jaime Gil de Biedma de que, a fin de cuentas, lo normal es leer:

> *Uno podría abandonar la escritura*
> *ante las señales de lenta combustión*
> *de lo que es grande, ser*
> *su lector ideal,*
> *reflexivo, voraz, que ama las obras maestras,*
> *es superior al que intenta*

repetirlas o eclipsarlas,
y convertirse así en el mejor lector del mundo.

74) Ayer me dormí practicando una modalidad parecida a
la de contar ovejas, pero más sofisticada. Empecé a memori-
zar, una y otra vez, aquello que decía Wittgenstein de que
todo lo que se puede pensar se puede pensar claramente, todo
lo que se puede decir se puede decir claramente, pero no todo lo
que se puede pensar se puede decir.

Ni que decir tiene que estas frases me aburrían tanto que
no tardé en dormirme y en encontrarme en un escenario kafkiano, en un largo pasillo, desde el que unas puertas tosca-
mente hechas conducían a los distintos departamentos de un
desván. A pesar de que la luz no llegaba directamente, no estaba por completo oscuro, porque muchos departamentos tenían hacia el pasillo, en lugar de paredes uniformes de tablas,
simples enrejados de madera que, sin embargo, llegaban hasta
el techo, por los que entraba alguna luz y por los que se podía
ver también a algunos empleados que escribían en mesas o estaban de pie, junto a la celosía, observando por los intersticios
a la gente del pasillo. Yo estaba, por lo tanto, en mi antigua
oficina. Y era uno de los empleados que miraban a la gente del
pasillo. Esa gente no era ninguna multitud, sino un trío de
personas a las que yo tenía la impresión de conocer muy bien.
Al aguzar el oído y escuchar atentamente, le oí decir a Rimbaud que estaba cansado de traficar con esclavos y que daría
cualquier cosa para poder volver a la poesía. Wittgenstein se
sentía ya muy harto de su humilde trabajo como enfermero de
hospital. Duchamp se quejaba de no poder pintar y tener que
jugar todos los días al ajedrez. Los tres estaban lamentándo-
se amargamente cuando entraba Gombrowicz, que parecía
doblarles a los tres en edad y les decía que el único que no debía arrepentirse de nada era Duchamp, que a fin de cuentas ha-

bía dejado atrás algo monstruoso —la pintura—, algo que era conveniente ya no sólo dejar sino olvidar para siempre.

—No entiendo, maestro —decía Rimbaud—. ¿Por qué sólo Duchamp tiene derecho a no arrepentirse?

—Creo haberlo ya dicho —respondía con gran suficiencia y soberbia Gombrowicz—. Porque así como en poesía o en filosofía hay todavía mucho que hacer, aunque ni tú, Rimbaud, ni tú, Wittgenstein, tenéis ya nada que hacer, en pintura nunca en la vida hubo nada que hacer. ¿Por qué no reconocer, ya de una vez por todas, que el pincel es un instrumento ineficaz? Es como si la emprendieras con el cosmos desbordante de resplandores con un simple cepillo de dientes. Ningún arte es tan pobre en expresión. Pintar no es más que renunciar a todo lo que no se puede pintar.

75) El poeta limeño Emilio Adolfo Westphalen, nacido en 1911, desarrolló la poesía peruana combinándola genialmente con la tradición poética española y creando una lírica hermética en dos libros que, publicados en 1933 y 1935, deslumbraron a sus lectores: *Las ínsulas extrañas* y *Abolición de la muerte*.

Tras su embestida inicial, permaneció cuarenta y cinco años en total silencio poético. Como ha escrito Leonardo Valencia: «El silencio producido por la ausencia, a lo largo de cuarenta y cinco años, de nuevas publicaciones, no lo remitió al olvido, sino que lo hizo sobresaliente, *lo enmarcó*».

Al término de esos cuarenta y cinco años de silencio, regresó silenciosamente a la poesía con poemas —como los de mi amigo Pineda— de uno o dos versos. A lo largo de esos cuarenta y cinco años de silencio, todo el mundo le preguntaba por qué había dejado de escribir, se lo preguntaban en las raras ocasiones en que Westphalen se hacía visible, aunque no se hacía visible del todo, ya que en público permanecía siempre con el rostro cubierto por su mano izquierda, mano nerviosa y de largos dedos de pianista, como si le doliera ser visto en el mundo de los vivos. A lo largo de esos cuarenta y cinco años, en las raras ocasiones en que se ponía a tiro, se le hacía siempre la misma pregunta, tan parecida, por cierto, a la que en México le hacían a Rulfo. Siempre la misma pregunta y siempre, a lo largo de casi medio siglo, cubriéndose el rostro con la mano izquierda, la misma —no sé si enigmática— respuesta:

—No estoy en disposición.

76) He recuperado la comunicación con Juan, he hablado un rato con él por teléfono. Me ha dicho que le gustaría dar un vistazo a mis Notas del No, así las ha llamado. Será mi primer lector, me conviene ir haciéndome a la idea de que voy a ser leído y que, por tanto, debo empezar a recuperar lentamente mis relaciones con lo que voy a llamar «la animación exterior», es decir, esa vida de brillante apariencia que, cuando uno quiere apropiársela, se muestra peligrosamente inconsistente.

Poco antes de colgar el teléfono, Juan me ha hecho dos preguntas, que han quedado sin contestar, porque le he dicho que prefería responder por escrito. Ha querido saber cuál es la esencia de mi diario y cuál sería el paisaje —tiene que ser real— que más le cuadraría a este conjunto de notas.

No puede existir una esencia de estas notas, como tampoco existe una esencia de la literatura, porque precisamente la esencia de cualquier texto consiste en escapar a toda determinación esencial, a toda afirmación que lo estabilice o realice. Como dice Blanchot, la esencia de la literatura nunca está ya aquí, siempre hay que encontrarla o inventarla de nuevo. Así vengo yo trabajando en estas notas, buscando e inventando, prescindiendo de que existen unas reglas de juego en la literatura. Vengo yo trabajando en estas notas de una forma un tanto despreocupada o anárquica, de un modo que me recuerda a veces la respuesta que dio el gran torero Belmonte cuando, en una entrevista, le requirieron que hablara un poco de su toreo. «¡Si no sé! —contestó—. Palabra que no sé. Yo no sé las reglas, ni creo en las reglas. Yo siento el toreo, y sin fijarme en reglas lo ejecuto a mi modo.»

Quien afirme a la literatura en sí misma, no afirma nada. Quien la busca, sólo busca lo que se escapa, quien la encuentra, sólo encuentra lo que está aquí o, cosa peor, más allá de la literatura. Por eso, finalmente, cada libro persigue la *no-literatura* como la esencia de lo que quiere y quisiera apasionadamente descubrir.

En cuanto al paisaje, decir que si es verdad que a todos los libros les corresponde un paisaje real, el de este diario sería el que puede uno encontrarse en Ponta Delgada, en las islas Azores.

A causa de la luz azul y de las azaleas que separan los campos unos de otros, las Azores son azules. La lejanía es sin duda el embrujo de Ponta Delgada, ese extraño lugar en el que, un día, descubrí en un libro de Raúl Brandao, en *Las islas desconocidas*, el paisaje al que irán a parar, cuando llegue su hora, las últimas palabras; descubrí el paisaje azul que acogerá al último escritor y la última palabra del mundo, la que morirá íntimamente en él: «Aquí acaban las palabras, aquí finaliza el mundo que conozco...».

77) He sido afortunado, no he tratado personalmente a casi ningún escritor. Sé que son vanidosos, mezquinos, intrigantes, egocéntricos, intratables. Y si son españoles, encima son envidiosos y miedosos.

Sólo me interesan los escritores que se esconden, y así las posibilidades de que les llegue a conocer aún son menores. De entre los que se esconden, está Julien Gracq. Paradójicamente, es uno de los escasos escritores a los que he conocido personalmente.

En cierta ocasión, en los tiempos en que trabajaba en París, acompañé a Jerôme Garcin en su visita a ese escritor oculto. Fuimos a verlo a su último refugio, fuimos a verlo a Saint-Florent-le-Vieil.

Julien Gracq es el pseudónimo tras el que se oculta Louis Poirier. Este Poirier ha escrito sobre Gracq: «Su deseo de preservarse, de no ser molestado, de decir no, en resumen ese *dejadme tranquilo en mi rincón y pasad de largo* debe atribuirse a su ascendencia vendeana».

Y así es, en efecto. Dos siglos después del levantamiento de 1793, Gracq da toda la impresión de estar resistiendo a París como sus antepasados rechazaron, en sus tierras, a los ejércitos de la Convención.

Fuimos a verle a su rincón y, nada más saludarle, nos preguntó a qué habíamos ido y qué queríamos ver: «¿Habéis venido a ver a un viejo?».

Y más tarde, menos cascarrabias, más dulce y triste:

«Una vez más, tengo la impresión de ser el último, es una de las experiencias de la ancianidad, y es un horror, la supervivencia causa hastío».

La metafísica y cartujana literatura de Gracq vive en su propia imaginación mundos fuera de los reales, vive en paisajes interiores y a veces en mundos perdidos, en territorios del pasado, tal como le ocurría a Barbey d'Aurevilly, al que él admira.

Barbey vivía en el remoto mundo de sus antepasados, los chuanes. «La historia —escribió— ha olvidado a los chuanes. Los ha olvidado lo mismo que la gloria e incluso que la justicia. Mientras los vendeanos, aquellos guerreros de primera línea, duermen, tranquilos e inmortales, bajo la frase que Napoleón dijo de ellos, y pueden esperar, cubiertos con tal epitafio

(...), los chuanes no tienen, por su parte, nadie que les saque de la oscuridad.»

Julien Gracq, como buen vendeano, nos dio la sensación de poder esperar. Bastaba con observarle, verle allí sentado en la terraza de su casa, ver cómo vigilaba el paso del río Loira. Viéndole allí, con la mirada perdida en el río, era la viva imagen de alguien que anda esperando algo o nada. Jerôme Garcin escribiría días después: «No sólo es el Loira el que fluye desde siempre bajo los ojos de Gracq, es la historia, su mitología y sus hazañas, en medio de las cuales ha crecido. Detrás de él, aquella Vendée heroica, maltrecha por la guerra; delante de él, la célebre isla Batailleuse, de la que muy pronto el joven Gracq, el joven lector de su compatriota Jules Verne, hizo su guarida, *robinsoneando* por entre los sauces, los álamos, las cañas y los alisos. De un lado, Clio, el pasado, los castillos en ruinas; del otro, las quimeras, lo fantástico y los castillos en el aire. Gracq, tal cual su obra lo exalta. Hay que ir a Saint-Florent para sentir ese deseo de reencarnarse».

Es lo que hicimos Garcin y yo, fuimos hasta la guarida de uno de los escritores más ocultos de nuestro tiempo, uno de los más esquivos y apartados, uno de los reyes de la Negación, para qué negarlo. Fuimos a ver al último gran escritor francés de antes de la derrota del estilo, de antes de la abrumadora edición de la literatura llamémosla pasajera, de antes de la salvaje irrupción de la «literatura alimenticia», esa de la que hablaba Gracq en su panfleto de 1950, *La literatura en el estómago*, donde arremetía contra las imposiciones y reglas de juego tácitas de la creciente industria de las letras en la época del precirco televisivo.

Fuimos hasta la guarida del Jefe —así le conocen algunos en Francia—, del escritor oculto que en ningún momento nos ocultó su melancolía mientras observaba en silencio el curso del Loira.

Hasta 1939, Gracq fue comunista. «Hasta ese año —nos dijo— creí realmente que se podía cambiar el mundo.» La revolución fue, para él, un oficio y una fe, hasta que llegó el desengaño.

Hasta 1958, fue novelista. Tras la publicación de *Los ojos del bosque*, dejó el género («porque exige una energía vital, una fuerza, una convicción que me faltan») y eligió la escritura fragmentaria de los *Carnets du grand chemin* («no sé si con ellos mi obra no se parará sencillamente ahí, de forma muy oportuna», se preguntó de repente, la voz en suspenso). Al atardecer, fuimos a su estudio. Impresión de entrar en un templo prohibido. Por la ventana se veían pasar los coches y los camiones sobre el puente colgante: Saint-Florent-le-Vieil no se ha salvado de los ruidos modernos. Gracq entonces observó: «Algunas tardes esto retumba incluso más que en algunos barrios de París».

Cuando le preguntamos por lo que más ha cambiado desde la época en que de niño jugaba sobre el pavimento del muelle, entre la fila de castaños y las paletas de las lavanderas, nos respondió:

—La vida ha ido de arriba para abajo.

Más adelante, habló de la soledad. Fue al salir ya del estudio: «Estoy solo, pero no me quejo. El escritor no tiene nada que esperar de los demás. Créanme. ¡Sólo escribe para él!».

Hubo un momento, de nuevo en la terraza, en el que, al observarle a contraluz, me pareció que en realidad no nos hablaba, sino que se dedicaba a un soliloquio. Garcin me diría luego, al salir de la casa, que él había tenido parecida impresión. «Es más —me dijo—, hablaba para él como lo haría un caballero sin caballería.»

Con la caída de la noche, cercana ya la hora de despedirnos de Gracq, éste nos habló de la televisión, nos dijo que a veces la encendía y se quedaba de una pieza al ver a los animadores de las emisiones literarias actuar como si estuvieran vendiendo muestras de diferentes telas.

En la hora del adiós, el Jefe nos acompañó por la pequeña escalera de piedra que conduce a la salida de la casa. Un perfume de tibio fango subía desde el Loira adormecido.

—Es raro que en enero el Loira esté tan bajo —comentó.

Le dimos la mano al Jefe y empezamos a irnos, y allí se quedó el escritor oculto vaciándose lentamente, como el río, su río.

78) Klara Whoryzek nació en Karlovy Vary el 8 de enero de 1863, pero a los pocos meses su familia se trasladó a vivir a Danzig (Gdansk), donde pasaría su infancia y adolescencia: una época sobre la que ella dejó escrito, en *La lámpara íntima*, que sólo conservaba «siete recuerdos en forma de siete pompas de jabón».

Klara Whoryzek llegó a Berlín a los veintiún años y allí formó parte, junto a Edvard Munch y Knut Hamsun entre otros, del círculo habitual de August Strindberg. En 1892 fundó la Verlag Whoryzek, editorial que sólo publicó *La lámpara íntima*, y poco después —cuando se disponían a sacar *Pierrot lunaire*, de A. Giraud— quebró.

En modo alguno fue el desaliento por la inexistente recepción de su libro y tampoco el hundimiento de la editorial lo que la llevó a un silencio literario radical hasta el final de sus días. Si Klara Whoryzek dejó de escribir fue porque —tal como le comentó a su amigo Paul Scheerbart— «aun sabiendo que sólo el escribir me ligaría como un hilo de Ariadna a mis semejantes, no podría, sin embargo, hacer que me leyera ninguno de mis amigos, pues los libros que he ido pensando a lo largo de mis días de silencio literario, son pompas de jabón de verdad y no se dirigen a nadie, ni siquiera al más íntimo de mis amigos, de modo que lo más sensato que podía hacer es lo que he hecho: no escribirlos».

Su muerte en Berlín, el 16 de octubre de 1915, se debió a su negativa a ingerir alimentos como medida de protesta contra la guerra. Fue una «artista del hambre» *avant la lettre*, abrió el camino al insecto Gregor Samsa (que se dejó morir con humana voluntad de inanición), y siguió el ejemplo, posiblemente también sin saberlo, de Bartleby, que murió en postura fetal, consumido sobre el césped de un patio, los ojos vidriosos y abiertos, pero por lo demás profundamente dormido bajo la mirada de un cocinero que le preguntaba si no iba a cenar tampoco esa noche.

79) Mucho más oculto que Gracq o que Salinger, el neoyorquino Thomas Pynchon, escritor del que sólo se sabe que nació en Long Island en 1937, se graduó en Literatura Inglesa en la Universidad de Cornell en 1958 y trabajó como redactor para la Boeing. A partir de ahí, nada de nada. Y ni una foto o, mejor dicho, una de sus años de escuela en la que se ve a un adolescente francamente feo y que no tiene, además, por qué necesariamente ser Pynchon, sino una más que probable cortina de humo.

Cuenta José Antonio Gurpegui una anécdota que hace años le contó su añorado amigo Peter Messent, profesor de literatura norteamericana en la Universidad de Nottingham. Messent hizo su tesis sobre Pynchon y, como es normal, se obsesionó por conocer al escritor que tanto había estudiado. Tras no pocos contratiempos, consiguió una breve entrevista en Nueva York con el deslumbrante autor de *Subasta del lote 49*. Los años pasaron y cuando Messent se había convertido ya en el prestigioso profesor Messent —autor de un gran libro sobre Hemingway— fue invitado, en Los Ángeles, a una reunión de íntimos con Pynchon. Para su sorpresa, el Pynchon de Los Ángeles no era en absoluto la misma persona con la que él se había entrevistado años antes en Nueva York, pero al igual que aquél conocía perfectamente incluso los detalles más insignificantes de su obra. Al terminar la reunión, Messent se atrevió a exponer la duplicidad de personajes, a lo que Pynchon, o quien fuere, contestó sin la menor turbación:

—Entonces usted tendrá que decidir cuál es el verdadero.

80) Entre los escritores antibartlebys destaca con luz propia la energía insensata de Georges Simenon, el más prolífico de los autores en lengua francesa de todos los tiempos. De 1919 a 1980 publicó 190 novelas con diferentes pseudónimos, 193 con su nombre, 25 obras autobiográficas y más de un millar de cuentos, además de artículos periodísticos y una gran cantidad de volúmenes de dictados y escritos inéditos. En el año 1929, su comportamiento antibartleby roza la provocación: escribió 41 novelas.

«Empezaba por la mañana muy temprano —explicó una vez Simenon—, generalmente hacia las seis, y acababa al finalizar la tarde; eso representaba dos botellas y ochenta páginas (...) Trabajaba muy deprisa, en ocasiones llegaba a escribir ocho cuentos en un día.»

Rayando en la insolencia antibartleby, Simenon habló en cierta ocasión de cómo alcanzó poco a poco un método o una técnica en la ejecución de la obra, un método personal que, una vez alcanzado, convierte en infinitas las posibilidades de que la obra de uno se vaya expandiendo sin que sea posible la aparición de la menor sombra de un *preferiría no hacerlo*: «Cuando empecé, tardaba doce días en escribir una novela, fuera o no un Maigret; como me esforzaba en condensar más, en eliminar de mi estilo toda clase de florituras o detalles accesorios, poco a poco pasé de once días a diez y luego a nueve. Y ahora he alcanzado por primera vez la meta de siete».

Con ser desconcertante el caso de Simenon, lo es aún más el de Paul Valéry, escritor muy cercano a la sensibilidad bartleby —sobre todo en *Monsieur Teste*, como ya hemos visto—, pero que nos legó las veintinueve mil páginas de sus *Cahiers*.

Pero, con ser esto desconcertante, yo he aprendido a no extrañarme ya de nada. Cuando algo me desconcierta, recurro a un truco muy sencillo que me devuelve la tranquilidad, pienso simplemente en Jack London, que, pese a estar minado por el alcohol, fue uno de los promotores de la prohibición en Estados Unidos. A la sensibilidad bartleby le sienta bien estar curada de espantos.

81) Giorgio Agamben —ligado a los del No por su libro *Bartleby o della contingenza* (Macerata, 1993)— piensa que nos estamos volviendo pobres y concretamente en *Idea della prosa* (Milán, 1985) realiza este lúcido diagnóstico: «Es curioso observar cómo unas cuantas obras filosóficas y literarias, escritas entre 1915 y 1930, ostentan aún las llaves de la sensibilidad de la época, y que la última descripción convincente de nuestros estados de alma y de nuestros sentimientos se remonta, en suma, a más de cincuenta años atrás».

Y, hablando de lo mismo, mi amigo Juan explica así su teoría acerca de que después de Musil (y de Felisberto Hernández) no hay mucho donde elegir: «Una de las diferencias más generales que pueden establecerse entre los novelistas anteriores y posteriores a la Segunda Guerra Mundial reside en que los de antes de 1945 solían poseer una cultura que informaba y conformaba sus novelas, mientras que los posteriores a esa fecha suelen exhibir, salvo en los procedimientos literarios (que son los mismos), una total despreocupación por la cultura heredada».

En un texto del portugués António Guerreiro —texto en el que he encontrado la cita de Agamben— se formula la pregunta de si se puede hablar hoy de compromiso en la literatura. ¿Con qué y a qué se compromete quien escribe?

Encontramos también esa pregunta, por ejemplo, en el Handke de *El año que pasé en la bahía de nadie*. ¿Sobre qué hay que escribir y sobre qué no? ¿Es soportable el constante desencaje entre la palabra nombrante y la cosa nombrada? ¿Cuándo no es demasiado pronto ni demasiado tarde? ¿Está todo escrito?

En *Lecturas compulsivas* Félix de Azúa parece sugerir que sólo desde la más firme negatividad pero creyendo (o deseando) que todavía no está agotado el potencial de la palabra literaria, nos será posible despertar del mal sueño actual, del mal sueño en la bahía de nadie.

Y Guerreiro parece decir algo por el estilo cuando sostiene que en la sospecha, en *la negación*, la mala conciencia del escritor, fraguada en las obras de los autores de la constelación Bartleby —los Hofmannsthal, Walser, Kafka, Musil, Beckett, Celan— hay que rastrear el único camino que queda abierto a la auténtica creación literaria.

Ya que se han perdido todas las ilusiones de una totalidad representable, hay que reinventar nuestros propios modos de representación. Escribo esto mientras escucho música de Chet Baker, son las once y media de la noche de este 7 de agosto del 99, el día ha sido especialmente caluroso, de gran bochorno. Ya se acerca —espero— la hora del sueño, de modo que voy a ir terminando, voy a hacerlo en la confianza de que es tan posible que aún debamos atravesar túneles muy oscuros como que el rastreo del único camino abierto que nos queda —el que, en su negatividad, han abierto Bartleby y compañía— nos conduzca a una serenidad que algún día habrá de merecerse el mundo: la de saber que, como decía Pessoa, el único misterio es que haya quien piense en el misterio.

82) Hay quien ha dejado de escribir para siempre al creerse inmortal.

Es el caso de Guy de Maupassant, que nació en 1850 en el castillo normando de Miromesnil. Su madre, la ambiciosa Laura de Maupassant, quería a toda costa un hombre ilustre en la familia. De ahí que confiara su hijo a un técnico de la grandeza literaria, lo confió a Flaubert. Su hijo sería eso que todavía hoy conocemos por «un gran escritor».

Flaubert educó al joven Guy, que no empezó a escribir hasta que tenía treinta años, cuando ya estaba suficientemente preparado para ser un escritor inmortal. Desde luego, un buen maestro lo había tenido. Flaubert era un maestro inmejorable, pero, como se sabe, un gran maestro no asegura que el discípulo salga bien. La ambiciosa madre de Maupassant no ignoraba esto y temía que, a pesar del gran maestro, todo funcionara mal. Pero no fue así. Maupassant comenzó a escribir y se reveló inmediatamente como un grandísimo narrador. En sus relatos se advierte un extraordinario poder de observación, un magnífico trazo en el retrato de personajes y ambientes, así como un estilo —a pesar de la influencia de Flaubert— personalísimo.

En poco tiempo, Maupassant se convierte en una gran figura de la literatura y vive lujosamente de ella. Es aclamado por todo el mundo menos por la Académie, para la que no entra en sus planes disponer la consagración de Maupassant como *immortel*. No es nada nueva la tontería de la Académie, pues también Balzac, Flaubert y Zola se han quedado fuera de ella. Pero Maupassant, tan ambicioso como su madre, no se resigna a no ser inmortal y busca una natural compensación a la indolencia de los académicos. Esa compensación la encontrará en una espiral de engreimiento que le llevará a creerse inmortal a todos los efectos.

Una noche, después de haber cenado con su madre en

Cannes, regresa a su casa y hace un experimento un tanto arriesgado: quiere cerciorarse de que es inmortal. Su mayordomo, el fiel Tassart, se despierta sobresaltado por una detonación que hace retumbar toda la casa.

Maupassant, erguido ante la cama, está muy contento de poder contar a su mayordomo, que irrumpe en su dormitorio en gorro de noche y sujetándose los calzoncillos con las manos, la cosa tan extraordinaria que le acaba de suceder.

—Soy invulnerable, soy inmortal —grita Maupassant—. Acabo de dispararme un pistoletazo en la cabeza y sigo incólume. ¿Que no te lo crees? Pues mira.

Maupassant apoya nuevamente el cañón en la sien y aprieta el gatillo; una detonación tal hubiera podido derrumbar las paredes, pero el «inmortal» Maupassant continúa manteniéndose erguido y sonriente ante la cama.

—¿Lo crees ahora? Ya nada puede hacerme nada. Podría cortarme la garganta y seguro que la sangre no manaría.

Maupassant no lo sabe en ese momento, pero ya no va a escribir nunca nada más.

De todas las descripciones de esta «inmortal escena», la de Alberto Savinio en *Maupassant y el otro* es la más brillante, por su genial síntesis entre humor y tragedia.

«Maupassant —escribe Savinio— pasa sin pensárselo dos veces de la teoría a la práctica, coge de encima de la mesa un abrecartas de metal en forma de puñal, se hiere la garganta en una demostración de invulnerabilidad también al arma blanca; pero el experimento lo desmiente: la sangre brota a borbotones, baja a oleadas impregnando el cuello de la camisa, la corbata, el chaleco.»

Maupassant, tras ese día y hasta el de su muerte (que no tardaría mucho en llegar), ya no escribió nada, sólo leía periódicos en los que se decía que «Maupassant se ha vuelto loco». Su fiel Tassart le llevaba todas las mañanas, junto con el café con leche, periódicos en los que él veía su fotografía y comentarios de este estilo al pie de las mismas: «Continúa la locura del inmortal monsieur Guy de Maupassant».

Maupassant ya no escribe nada, lo que no significa que no esté entretenido y que no le sucedan cosas sobre las que podría escribir si no fuera porque ya no piensa molestarse en hacerlo, su obra está ya cerrada pues él es inmortal. Le ocurren, sin embargo, cosas que merecerían ser contadas. Un día, por ejemplo, mira fijamente el suelo y ve un hormigueo de insectos que lanzan a una gran distancia chorros de morfina. Otro día, marea al pobre Tassart con la idea de que habría que escribir al papa León XIII.

—¿Va a volver a escribir el señor? —pregunta aterrado Tassart.

—No —dice Maupassant—. Serás tú quien le escriba al Papa de Roma.

Maupassant querría sugerirle a León XIII la construcción de tumbas de lujo para inmortales como él: tumbas en cuyo interior una corriente de agua, bien caliente, o bien fría, lavaría y conservaría los cuerpos.

Hacia el final de sus días, se pasea a gatas por su habitación y lame —como si estuviera escribiendo— las paredes. Y un día, finalmente, llama a Tassart y pide que le traigan una camisa de fuerza. «Pidió que le llevaran esa camisa —ha escrito Savinio— como quien pide a un camarero una cerveza.»

83) Marianne Jung, que nació en noviembre de 1784 y era hija de una familia de actores de orígenes oscuros, es la escritora oculta más atractiva de la historia del No.

De niña, hacía de figurante, de bailarina y de actriz de carácter cantando en el coro o realizando pasos de danza, vestida de Arlequín, al tiempo que salía de un huevo enorme que se paseaba por el escenario. Cuando tenía dieciséis años, un hombre la compró. El banquero y senador Willemer la vio en Frankfurt y se la llevó a su casa, después de haber pagado a su madre doscientos florines de oro y una pensión anual. El senador hizo de Pigmalión y Marianne aprendió buenos modales, francés, latín, italiano, dibujo y canto. Llevaban catorce años de convivencia y el senador estaba planteándose seriamente casarse con ella cuando apareció Goethe, que tenía sesenta y cinco años y estaba en uno de sus momentos más creativos, estaba escribiendo los poemas del *Diván occidental-oriental*, reelaboración de los poemas líricos persas de Hafis. En un poema del *Diván* aparece la bellísima Suleika y dice que todo es eterno ante la mirada de Dios y que se puede amar esta vida divina, por un instante, en sí misma, en su belleza tierna y fugaz. Eso dice Suleika en unos versos inmortales de Goethe. Pero en realidad lo que dice Suleika fue escrito no por Goethe, sino por Marianne.

En *Danubio* dice Claudio Magris: «El *Diván*, y el altísimo diálogo amoroso que incluye, está firmado por Goethe. Pero Marianne no es sólo la mujer amada y cantada en la poesía; también es la autora de algunos de los poemas más elevados, en sentido absoluto, de todo el *Diván*. Goethe los integró y publicó en el libro, con su nombre; sólo en 1869, muchos años después de la muerte del poeta y nueve después de la de Suleika, el filólogo Hermann Grimm, al que Marianne había confiado el secreto y mostrado su correspondencia con Goethe, dio a conocer que la mujer había escrito esos escasísimos pero sublimes poemas del *Diván*».

Marianne Jung, pues, escribió en el *Diván* unos poquísimos poemas, que pertenecen a las obras maestras de la lírica mundial, y luego no escribió nada más, nunca, prefirió callar.

Es la más secreta de las escritoras del No. «Una vez en mi vida —dijo muchos años después de haber escrito aquellos versos— descubrí que sentía algo noble, que era capaz de decir cosas que eran dulces y sentidas con el corazón, pero el tiempo, más que destruirlas, las ha borrado.»

Comenta Magris que es posible que Marianne Jung se diera cuenta de que la poesía sólo tenía sentido si surgía de una experiencia total como la que ella había vivido y que, una vez pasado ese momento de gracia, había pasado también la poesía.

84) Mucho más que Gracq y que Salinger y que Pynchon, el hombre que se hacía llamar B. Traven fue la auténtica expresión de lo que conocemos por «escritor oculto».

Mucho más que Gracq, Salinger y Pynchon juntos. Porque el caso de B. Traven está repleto de matices excepcionales. Para empezar, no se sabe dónde nació ni él quiso aclararlo nunca. Para algunos, el hombre que decía llamarse B. Traven era un novelista norteamericano nacido en Chicago. Para otros, era Otto Feige, escritor alemán que habría tenido problemas con la justicia a causa de sus ideas anarquistas. Pero también se decía que en realidad era Maurice Rethenau, hijo del fundador de la multinacional AEG, y también había quien aseguraba que era hijo del káiser Guillermo II.

Aunque concedió su primera entrevista en 1966, el autor de novelas como *El tesoro de Sierra Madre* o *El puente en la selva* insistió en el derecho al secreto de su vida privada, por lo que su identidad sigue siendo un misterio.

«La historia de Traven es la historia de su negación», ha escrito Alejandro Gándara en su prólogo a *El puente en la selva*. En efecto, es una historia de la que no tenemos datos y no pueden tenerse, lo que equivale a decir que ése es el auténtico dato. Negando todo pasado, negó todo presente, es decir, toda presencia. Traven no existió nunca, ni siquiera para sus contemporáneos. Es un escritor del No muy peculiar y hay algo muy trágico en la fuerza con la que rechazó la invención de su identidad.

«Este escritor oculto —ha dicho Walter Rehmer— resume en su identidad ausente toda la conciencia trágica de la literatura moderna, la conciencia de una escritura que, al quedar expuesta a su insuficiencia e imposibilidad, hace de esta exposición su cuestión fundamental.»

Estas palabras de Walter Rehmer —me acabo ahora de dar cuenta— podrían resumir también mis esfuerzos en este conjunto de notas sin texto. De ellas también podría decirse que reúnen toda o al menos parte de la conciencia de una escritura que, al quedar expuesta a su imposibilidad, hace de esta exposición su cuestión fundamental.

En fin, pienso que las frases de Rehmer son atinadas, pero que si Traven las hubiera leído se habría quedado, primero, estupefacto, y luego se habría desternillado de risa. De hecho, yo estoy a punto ahora de reaccionar de ese modo, pues a fin de cuentas detesto, por su solemnidad, la obra ensayística de Rehmer.

Vuelvo a Traven. La primera vez que oí hablar de él fue en Puerto Vallarta, México, en una de las cantinas de las afueras de la ciudad. Hace de eso algunos años, era en la época en que empleaba mis ahorros en viajar en agosto al extranjero. Oí hablar de Traven en esa cantina. Yo acababa de llegar de Puerto Escondido, un pueblo que, por su peculiar nombre, habría sido el escenario más apropiado para que alguien me hubiera hablado del escritor más escondido de todos. Pero no fue allí sino en Puerto Vallarta donde por primera vez alguien me contó la historia de Traven.

La cantina de Puerto Vallarta estaba a pocas millas de la casa donde John Huston —que llevó al cine *El tesoro de Sierra Madre*— pasó los últimos años de su vida refugiado en Las Caletas, una finca frente al mar y con la jungla a la espalda, una especie de puerto de la selva azotado invariablemente por los huracanes del golfo.

Cuenta Huston en su libro de memorias que escribió el guión de *El tesoro de Sierra Madre* y le mandó una copia a Traven, que le contestó con una respuesta de veinte páginas llenas de detalladas sugerencias respecto a la construcción de decorados, iluminación y otros asuntos.

Huston estaba ansioso por conocer al misterioso escritor, que por aquel entonces ya tenía fama de ocultar su verdadero nombre: «Conseguí —dice Huston— una vaga promesa de que se reuniría conmigo en el Hotel Bamer de Ciudad de México. Hice el viaje y esperé. Pero él no se presentó. Una mañana, casi una semana después de mi llegada, me desperté poco después del amanecer y vi que había un tipo a los pies de mi cama, un hombre que me tendió una tarjeta que decía: "Hal Croves. Traductor. Acapulco y San Antonio"».

Luego ese hombre mostró una carta de Traven, que Huston leyó aún en la cama. En la carta, Traven le decía que estaba enfermo y no había podido acudir a la cita, pero que Hal Croves era su gran amigo y sabía tanto acerca de su obra como de él mismo, y que por tanto estaba autorizado a responder a cualquier consulta que quisiera hacerle.

Y, en efecto, Croves, que dijo ser el agente cinematográfico de Traven, lo sabía todo sobre la obra de éste. Croves estuvo dos semanas en el rodaje de la película y colaboró activamente en ella. Era un hombre raro y cordial, que tenía una conversación amena (que a veces se volvía infinita, parecía un libro de Carlo Emilio Gadda), aunque a la hora de la verdad sus temas preferidos eran el dolor humano y el horror. Cuando dejó el rodaje, Huston y sus ayudantes en la película comenzaron a atar cabos y se dieron cuenta de que aquel agente cinematográfico era un impostor, aquel agente era, muy probablemente, el propio Traven.

Cuando se estrenó la película se puso de moda el misterio de la identidad de B. Traven. Se llegó a decir que detrás de ese nombre había un colectivo de escritores hondureños. Para Huston, Hal Croves era sin duda de origen europeo, alemán o austriaco; lo raro era que los temas de sus novelas narraban las experiencias de un americano en Europa occidental, en el mar y en México, y eran experiencias que se notaba a la legua que habían sido vividas.

Se puso tan de moda el misterio de la identidad de Traven que una revista mexicana envió a dos reporteros a espiar a Croves en un intento de averiguar quién era realmente el agente cinematográfico de Traven. Le encontraron al frente de un pequeño almacén al borde de la jungla, cerca de Acapulco. Vigilaron el almacén hasta que vieron salir a Croves camino de la ciudad. Entonces entraron forzando la puerta y registraron su escritorio, donde encontraron tres manuscritos firmados por Traven y pruebas de que Croves utilizaba otro nombre: Traven Torsvan.

Otras investigaciones periodísticas descubrieron que tenía un cuarto nombre: Ret Marut, un escritor anarquista que había desaparecido en México en 1923 y los datos, pues, encajaban. Croves murió en 1969, algunos años después de casarse con su colaboradora Rosa Elena Luján. Un mes después de su muerte, su viuda confirmó que B. Traven era Ret Marut.

Escritor esquivo donde los haya, Traven utilizó, tanto en la ficción como en la realidad, una apabullante variedad de nombres para encubrir el verdadero: Traven Torsvan, Arnolds, Traves Torsvan, Barker, Traven Torsvan Torsvan, Berick Traven, Traven Torsvan Croves, B. T. Torsvan, Ret Marut, Rex Marut, Robert Marut, Traven Robert Marut, Fred Maruth, Fred Mareth, Red Marut, Richard Maurhut, Albert Otto Max Wienecke, Adolf Rudolf Feige Kraus, Martínez, Fred Gaudet, Otto Wiencke, Lainger, Goetz Ohly, Anton Riderschdeit, Robert Beck-Gran, Arthur Terlelm, Wilhelm Scheider, Heinrich Otto Baker y Otto Torsvan.

Tuvo menos nacionalidades que nombres, pero tampoco anduvo corto en este aspecto. Dijo ser inglés, nicaragüense, croata, mexicano, alemán, austriaco, norteamericano, lituano y sueco.

Uno de los que intentaron escribir su biografía, Jonah Raskin, por poco se vuelve loco en el intento. Contó con la colaboración, desde el primer momento, de Rosa Elena Luján, pero pronto empezó a comprender que la viuda tampoco sabía a ciencia cierta quién diablos era Traven. Una hijastra de éste, además, contribuyó a enredarlo ya de forma absoluta al asegurar que ella recordaba haber visto a su padre hablando con el señor Hal Croves.

Jonah Raskin acabó abandonando la idea de la biografía y terminó escribiendo la historia de su búsqueda inútil del verdadero nombre de Traven, la delirante y novelesca historia. Raskin optó por abandonar las investigaciones cuando se dio cuenta de que estaba arriesgando su salud mental; había comenzado a vestirse con la ropa de Traven, se ponía sus gafas, se hacía llamar Hal Croves...

B. Traven, el más oculto de los escritores ocultos, me recuerda al protagonista de *El hombre que fue jueves*, de Chesterton. En esta novela se habla de una vasta y peligrosa conspiración integrada en realidad por un solo hombre que, como dice Borges, engaña a todo el mundo «con socorro de barbas, de caretas y de pseudónimos».

85) Se escondía Traven, voy a esconderme yo, se esconde mañana el sol, llega el último eclipse total del milenio. Y ya mi voz va volviéndose lejana mientras se prepara para decir que se va, va a probar otros lugares. Sólo yo he existido, dice la voz, si al hablar de mí puede hablarse de vida. Y dice que se eclipsa, que se va, que acabar aquí sería perfecto, pero se pregunta si esto es deseable. Y a sí misma se responde que sí es de-

seable, que acabar aquí sería maravilloso, sería perfecto, quienquiera que ella sea, donde sea que ella esté.

86) Al final de sus días, Tolstói vio en la literatura una maldición y la convirtió en el más obsesivo objeto de su odio. Y entonces renunció a escribir, porque dijo que la escritura era la máxima responsable de su derrota moral.

Y una noche escribió en su diario la última frase de su vida, una frase que no logró terminar: *«Fais ce que dois, advienne que pourra»* (Haz lo que debes, pase lo que pase). Se trata de un proverbio francés que a Tolstói le gustaba mucho. La frase quedó así:

Fais ce que dois, adv...

En la fría oscuridad que precedió al amanecer del 28 de octubre de 1910, Tolstói, que contaba ochenta y dos años de edad y era en aquel momento el escritor más famoso del mundo, salió sigilosamente de su ancestral hogar en Yásnaia Poliana y emprendió su último viaje. Había renunciado para siempre a la escritura y, con el extraño gesto de su huida, anunciaba la conciencia moderna de que toda literatura es la negación de sí misma.

Diez días después de su desaparición murió en la vivienda de madera del jefe de la estación ferroviaria de Astápovo, aldea de la que pocos rusos habían oído hablar. Su huida había tenido un final abrupto en aquel remoto y triste lugar, donde le habían obligado a apearse de un tren que se dirigía al sur. La exposición al frío en los vagones de tercera clase del tren, sin calefacción, cargados de humo y corrientes de aire, le habían provocado una neumonía.

Atrás quedaba ya su hogar abandonado, y atrás quedaba ya en su diario —también abandonado después de sesenta y tres años de fidelidad— la última frase de su vida, la frase abrupta, malograda en su desfallecimiento bartleby:

Fais ce que dois, adv...

Muchos años después diría Beckett que hasta las palabras nos abandonan y que con eso queda dicho todo.